칼잡이들의 이야기

EL INFORME DE BRODIE;
EL ORO DE LOS TIGRES
by
Jorge Luis Borges

Copyright © Maria Kodama 1995
All rights reserved.

Korena Translation Copyright © Minumsa 1997, 2022

Korean translation edition is published by arrangement with
Maria Kodama c/o The Wylie Agency (UK) Ltd.

이 책의 한국어판 저작권은
The Wylie Agency (UK) Ltd.와 독점 계약한 **(주)민음사**에 있습니다.

저작권법에 의해 한국 내에서 보호를 받는 저작물이므로
무단 전재와 무단 복제를 금합니다.

칼잡이들의 이야기

호르헤 루이스 보르헤스 지음
황병하 · 송병선 옮김

민음사

일러두기

이 책은 『호랑이들의 황금』(송병선 옮김)과 『칼잡이들의 이야기』(황병하 옮김)라는 독립적으로 출간된 두 작품집을 하나로 모은 것이다. 『칼잡이들의 이야기』는 원래 '브로디의 보고서'라는 제목으로 1970년에 출간된 소설집이다.

차례

1부 호랑이들의 황금

서문 · 11

티무르 대왕 —— 14
칼 —— 18
과거 —— 20
단카 —— 24
동전 열세 개 —— 27
수사나 봄발 —— 32
존 키츠에게 —— 34
꿈꾸는 알론소 키하노 —— 36
어느 카이사르에게 —— 38
눈먼 이 —— 40
그의 눈멂에 대해 42
찾기 —— 44
잃어버린 것 —— 46
H. O. —— 47
의사의 종교, 1643년 —— 48
1971년 —— 50
사물들 —— 52
위협받는 남자 —— 56

프로테우스 —— 58
프로테우스의 다른 판본 —— 59
야누스의 흉상이 말한다 —— 61
가우초 —— 62
표범 —— 65
너 —— 67
다수(多數)의 시 —— 70
파수꾼 —— 73
독일어에게 —— 75
슬픔에 잠긴 사람에게 —— 78
바다 —— 80
헝가리의 첫 번째 시인에게 —— 82
강림(降臨) —— 84
유혹 —— 86
1891년 —— 90
1929년 —— 92
약속 —— 96
인사불성 —— 98
네 개의 주기 —— 100
페드로 엔리케스 우레냐의 꿈 —— 103
궁전 —— 105
헹기스트는 사람들을 원한다(기원후 449년) —— 107
적(敵) 이야기 —— 109
아이슬란드에게 —— 112
거울에게 —— 115

고양이에게 —— 117
이스트 랜싱 —— 118
코요테에게 —— 120
내일 —— 122
호랑이들의 황금 —— 124

2부 칼잡이들의 이야기

서문 · 129

끼어든 여자 —— 134
비열한 사람 —— 142
로센도 후아레스의 이야기 —— 154
만남 —— 165
후안 무라냐 —— 176
노부인 —— 184
결투 —— 196
또 다른 결투 —— 206
과야킬 —— 214
마가복음 —— 228
브로디의 보고서 —— 238

작가 연보 · 250
작품 연보 · 252

I부

호랑이들의 황금

서문

다윗의 충고에 따르면, 일흔 살이 된 사람에게는 그다지 기대할 게 없다고 합니다. 그 정도 나이에 이르면 사람은 몇 가지 기술을 능숙하게 사용하면서, 그것에 약간의 변화를 가하는 일만을 지겨울 정도로 반복하기 때문입니다. 내가 무모하게도 이 잡다한 주제에 대한 글을 쓰기로 결정한 것도 그런 단조로움을 피하기 위해, 아니 조금이라도 줄이기 위해서입니다. 그리고 이제 그 주제들은 내 글쓰기의 일상이 되었습니다. 우화나 비유는 믿음과 확신 다음에 이루어지며, 자유시나 무운시(無韻詩)는 소네트 이후에 옵니다. 태초란 말은 막연한 생각과 불가피한 우주의 질서를 연상시킵니다. 그때는 시나 산문 같은 것이 없었을 겁니다. 모든 것에 아마도 마술이 깃들어 있었을 겁니다. 토르는 천둥의 신이 아니라, 천둥이자 신이었을 것이고요.

진정한 시인에게 인생의 모든 순간, 그러니까 모든 행위가 이루어지는 매 순간은 틀림없이 시적이었을 것입니다. 본질이 그렇기 때문입니다. 내가 알기로 오늘날까지 그토록 고결한 불면의 상태에 이른 사람은 없습니다. 브라우닝[1]과 블레이크[2]가 다른 사람보다 그 상태에 가까이 갔으며, 휘트먼[3]은 그 방향으로 가려고 애썼지만, 그의 조심스럽고 세세한 열거는 항상 무감각한 목록 이상이 되지 않았습니다.

나는 문학 학파를 믿지 않습니다. 나는 그것을 어떻게 가르쳐야 하는지 연습해 보는 것이고, 목적은 가르치는 내용을 단순화하려는 것이라고 평가하지만, 내 시가 어디에서 비롯되는지 밝혀 달라고 요구한다면, 모데르니스모,[4] 그러니까 그 커다란 자유에서, 즉 스페인어를 공통의 도구로 사용하는 수많은 문학을 혁신했으며, 너무도 분명하게 스페인에 도착했던 시운동에서 나온다고 말할 겁니다. 나는 레오폴도 루고네스[5]와 몇 번 대화를 나누었는데,

---

1) 로버트 브라우닝(Robert Browning, 1812~1889). 영국의 시인이자 극작가. 앨프리드 테니슨과 더불어 빅토리아 왕조 시대를 대표하는 시인이다.
2) 윌리엄 블레이크(William Blake, 1757~1827). 영국의 시인이자 화가이며 신비주의자. 대표작으로 『천국과 지옥의 결혼』, 『경험의 노래』가 있다.
3) 월트 휘트먼(Walt Whitman, 1819~1892). 미국의 시인이자 언론인. 미국 문학에서 가장 영향력 있는 작가 중 한 사람이며 '자유시의 아버지'로 불린다. 대표 시집으로 『풀잎』이 있다.
4) 19세기 말부터 20세기 초에 일어난 스페인어권 문학 운동이다. 1880년대 말 니카라과 시인 루벤 다리오가 시와 단편 소설이 수록된 『푸름』(1888)을 발표하면서 시작되었다. 공식 선언문이나 기본 원칙은 없으나, 이 운동에 참여한 시인들은 자유시와 감각적인 이미지를 통해 각자 독특한 정신적 가치를 표현했다.
5) Leopoldo Lugones(1874~1938). 아르헨티나의 시인이며 에세이스트이자 언

그는 고독하고 거만한 사람이었습니다. 그는 대화의 흐름에서 벗어나 '내 친구 루벤 다리오'[6]에 관해 말하곤 했습니다.(이것 말고도 나는 우리가 스페인어의 지역적 차이가 아니라 유사성을 강조해야 한다고 생각합니다.) 나의 독자는 몇몇 페이지에서 나의 철학적 관심을 눈치챌 것입니다. 그것은 내가 어릴 때부터 관심을 보인 것입니다. 우리 아버지가 체스 판(삼나무로 만든 것이었다고 기억합니다.)의 도움을 받아 아킬레스와 거북의 경주를 보여 주었던 때부터 말이죠.

이 책에서 알 수 있는 것에 관해 말하자면…… 우선 앞에서 언급했던 로버트 브라우닝을 비롯해 내가 좋아하는 작가들이 누구인지, 그리고 내가 읽고 되풀이해서 읽는 작가들이 누구인지, 마지막으로 책으로 읽지는 않았지만 내 안에 있는 작가들이 누구인지 알 수 있을 겁니다. 언어는 전통, 그러니까 현실을 포착하고 느끼는 방법이지, 상징을 멋대로 모아 놓은 것이 아니니까요.

호르헤 루이스 보르헤스
1972년 부에노스 아이레스에서

론인. 대표작으로는 시집 『정원의 황혼』과 『풍경의 책』이 있다.
6) Rubén Darío(1867~1916). 니카라과의 시인이자 언론인. 모데르니스모로 알려진 19세기 말의 라틴 아메리카 시운동을 이끌었다. 대표작으로 『푸름』, 『삶과 희망의 노래』 등이 있다.

티무르 대왕[1][2]
(1336~1405)

내 왕국은 이 세상의 것. 옥리(獄吏)와
감옥, 그리고 칼은 내 명령을 실행하고,
나는 그 명령을 반복하지 않는다. 아주 보잘것없더라도
내 말은 쇠처럼 강하고 엄하다. 심지어
멀리 떨어진 구석에서 내 이름을 한 번도 들어 보지
못한 사람들의 남모르는 마음에서도.
그건 내 마음대로 할 수 있는 유순한 도구.

---

1) (원주) 내 가엾은 티무르는 19세기 말에 크리스토퍼 말로(Christopher Marlowe)의 비극과 어느 역사책을 읽었다.
2) 몽골의 군사 지도자이며, 티무르 제국의 창시자로 1370년부터 1405년까지 재위했다. 본래 이름은 테무르지만, 페르시아어 표기인 티무르로 더 많이 쓰인다. 유럽어권에서는 태멀레인 또는 타메를란이라고도 불린다.

대초원의 양치기였던 나는
페르세폴리스에 내 깃발을 올렸고
갠지스강과 옥수스강[3]에서
내 말들에게 물을 주어 갈증을 달랬다.
내가 태어났을 때, 창공에서
부적 무늬가 새겨진 칼이 떨어졌다.
나는 그 칼이고, 항상 그 칼이 될 것이다.
나는 그리스와 이집트를 물리쳤고
나의 강인한 부하 타타르인들과
지칠 줄 모르는 광활한 러시아 땅을 초토화했다.
나는 해골의 피라미드를 세웠고
내 왕위를 존중하려 하지 않았던
네 명의 왕을 내 마차에 맸으며
알레포[4]에서 나는 책 중의 책이며,
낮과 밤보다도 더 먼저 있었던
코란을 불길로 던져 버렸다.
붉은 머리카락의 티무르 대왕인 나는
희고 흰 이집트의 제노크라테를 품에 안았다.
산 정상의 눈처럼 순결한 그녀를.
나는 느릿느릿한 카라반과 사막의
먼지구름을 떠올리지만,

---

3) 파미르고원에서 시작하여 투르크메니스탄과 우즈베키스탄의 국경 지대 북서쪽을 흐르는 강으로, 지금은 아무다리야강으로 불린다.
4) 시리아 북부의 도시. 지중해와 유프라테스강 사이의 전략적인 지점이다.

또 연기 자욱한 도시와 술집의
가스램프도 기억한다.
나는 전부 알고 있고, 전부 할 수 있다. 쓰이지 않은
어느 불길한 책은 아직도 내게 말하지 않았다.
다른 사람이 죽듯이 내가 죽을 것이며,
창백한 얼굴로 죽는 순간에 궁수들에게
심술궂은 하늘을 향해 화살을 쏘라고 명령할 것이고,
창공을 검은 깃발로 장식하여
신들이 죽었다는 사실을 모르는 사람이
하나도 없게 할 것이라고. 나는 바로 그 신들이다.
다른 사람들은 점성술에, 점성가나 나침반,
그리고 아스트롤라베에 기대어,
별들이 무엇인지 알려 할 것이다. 나는 그 별들이다.
어둑어둑한 새벽에 나는 생각한다.
왜 나는 이 왕실에서 절대 나가지 않는지,
왜 고통스럽게 부르짖는 동양을 기리자는 제안에
내가 동의하지 않는지. 나는 때때로 노예들과
침입자들을 꿈꾼다. 그들은 물불을 가리지 않는
손으로 티무르를 더럽히고
그에게 잠들라고, 매일 밤 잊지 말고
알약을 먹으라고 말한다.
평화와 침묵의 마법 알약을.
나는 몽골 신월도를 찾지만, 찾지 못한다.
거울 속에서 내 얼굴을 찾지만, 다른 얼굴이다.
그래서 나는 거울을 깼고, 나는 벌을 받았다.

왜 나는 사형 집행에 가지 않고,
왜 나는 도끼와 머리를 보지 않는가?
이런 것들로 나는 불안해하지만, 티무르가
맞서거나 반대하면 아무 일도 일어날 수 없다.
그는 아마도 이런 것들을 원할 테지만,
그렇다는 것을 모른다.
나는 티무르. 나는 서쪽을 통치하고
황금 같은 동양도 다스린다. 하지만…….

칼

그람,[1] 뒤랑달,[2] 주아외즈,[3] 엑스칼리버.[4]
그들의 옛날 전쟁이 시 속으로 돌아다니고,
그 시는 단 하나의 기억. 세계는 그 칼들을
북쪽으로, 그리고 남쪽으로 널리 퍼뜨린다.
칼에는 남자 오른손의 용감함이 남아 있지만,
오늘날에는 먼지만 묻어 있을 뿐.
쇠 또는 청동에는 첫날 아담의

---

1) '분노'를 뜻하며, 북유럽 신화의 영웅 시구르드가 용 파프니르를 죽일 때 사용한 칼이다.
2) 프랑스의 서사시 「롤랑의 노래」에서 영웅 롤랑이 사용했던 보검이다.
3) 프랑크 왕국의 카롤루스 대제가 개인 무기로 사용했던 칼이다.
4) 아서왕의 전설에 등장하는 성검(聖劍)이다.

피였던 찔린 상처의 흔적이.
무훈 서사시, 나는 머나먼 칼들을 열거했고,
그 칼의 주인들은 왕과 뱀들에게 죽음을
선사했다. 칼의 또 다른 운명, 그것은
벽화 속의 칼과 가까운 곳의 칼에도 있다.
칼이여, 내가 그대를 예술적으로 사용하게 하라,
하지만 나는 그대를 다룰 자격이 없는 몸.

과거

돌이킬 수 없는, 그리고 유연한 어제에는,
지금 보면 모든 게 쉽고 단순했던 것 같다.
소크라테스, 그는 독초를 서둘러 마시고 영혼과
자신의 길에 대해 곰곰이 생각하고,
파란 죽음은 얼음장 같은 다리부터 서서히
그의 머리로 올라간다. 그리고 용서 없는 칼,
그것은 저울에서 굉음을 낸다.
로마, 가락 좋은 육보격 시행을
완고한 대리석 같은 그 언어에 심어 주고
우리는 오늘 상처 입은 그 언어를 사용한다.
헹기스트[1]의 해적들, 그들은 노를 저어

---

1) Hengist. 잉글랜드에 최초로 정착한 앵글로·색슨족의 전설적인 지도자.

무시무시한 북해를 건너고
강인한 손과 용기로 왕국을 세우고,
그 왕국은 나중에 제국이 된다.
색슨족의 왕, 그는 노르웨이의 왕에게
7피트의 땅[2]을 제공하고, 해가 지기 전에
인간들의 전쟁에서 그를 처형한다.
사막의 기병들, 그들은 동양을 뒤덮고
러시아의 원형 지붕을 위협한다.
어느 페르시아 사람, 그는 『천하루 밤의 이야기』의
첫 밤을 이야기하면서도, 자기가 수백 년 동안
후세들의 조용한 망각에 굴복하지 않을 길고 오랜 책을
시작한다는 것을 모른다.
스노리,[3] 그는 잃어버린 북쪽 끝의 땅 툴리에서,
느릿느릿 저무는 석양빛에
또는 떠올리기 좋은 밤에
게르마니아의 시와 신들을 구한다.
젊은 쇼펜하우어, 그는
우주의 일반적 차원을 발견한다.
휘트먼 그는 아무에게도 말하지 않고

　　서사시 「베오울프」 속 에오탄족(주트족으로 추측됨)의 영웅이기도 하다.
2) 시체를 묻을 구덩이를 뜻한다.
3) 스노리 스툴로손(Snorri Sturluson, 1178~1241). 아이슬란드의 시인이자
　 역사가이며 정치가. 북유럽 신화의 중요한 자료인 『신(新)에다』와 초기
　 노르웨이 왕들의 전설과 역사가 혼합된 『헤임스크링글라』를 집필했다.

브루클린의 신문사 편집실에서
잉크와 담배 냄새 속에서
모든 사람이 되고 싶고, 모든 책이 될
한 권의 책을 쓰겠다는 무한한 결심을 한다.
아레돈도,[4] 그는 몬테비데오에서 어느 날 아침
이디아르테 보르다를 죽이고, 재판을 받으면서
자기 혼자 실행했고 공범은 없다고 밝힌다.
어느 병사, 그는 노르망디에서 죽는다.
어느 병사, 그는 갈릴래아[5]에서 죽는다.

이런 것들은 존재하지 않았을 수 있었다.
거의 일어나지 않았다. 우리는 피할 수 없는
숙명의 어제, 이런 것들을 머릿속으로 그린다.
지금 이외의 다른 시간은 없다.
이 핵심은 과거와 미래의 경계,
물방울이 물시계에 떨어지는 바로 그 순간.
가공의 어제는 밀랍으로 만든 움직이지 않는 모습
혹은 시간이 거울 속에서 사라져 갈
문학적 회상 형태의 영역.

---

4) 아벨리노 아레돈도(Avelino Arredondo). 1897년 8월 25일에 우루과이 대통령 후안 이디아르테 보르다를 살해한 범인. 보르헤스의 단편집 『모래책』에 수록된 「아벨리노 아레돈도」는 범죄 실행 이전의 며칠과 준비 과정에 초점을 맞춘다.

5) 갈릴리라고도 쓴다.

에이리크 힌 라우디,[6] 칼 12세,[7] 브렌누스,[8]
그리고 당신의 것이었던 붙잡을 수 없는 오후,
이것들 모두는 기억이 아닌 영원 속에 있는 것.

---

6) 에이리크 토르발드손(Erik Thorvaldsson, 950~1003)의 고대 노르웨이어 이름, 노르웨이에서 태어난 바이킹으로 '붉은 에이리크'라고도 불리며, 그린란드에 최초로 식민지를 개척했다.
7) Karl XII(1682~1718). 스웨덴의 국왕으로 1697년에서 1718년까지 재위했다.
8) Brennus. 세노네스족의 족장. 알리아 전투(기원전 390년)에서 로마를 격파했다. 이 약탈은 서기 410년 고트족이 로마를 함락할 때까지 팔백 년 동안 비로마군이 로마를 점령한 유일한 사건이었다.

단카[1)]

I

정상 꼭대기
모든 정원은 달빛
황금의 달빛
어둠 속 당신 입술
스침이 소중하다.

---

1) (원주) 나는 일본 단카의 연(聯)을 스페인어의 운율에 맞추고자 했다. 단카의 기본 형식은 첫 번째 행은 5음절, 두 번째 행은 7음절, 세 번째 행은 5음절, 네 번째 행은 7음절, 그리고 마지막 행은 7음절이다. 이렇게 연습한 시가 동양인의 귀에는 어떻게 들릴지 모르겠다. 또 원래 형식에서 운(韻)은 배제되어 있다.

2

새의 목소리
어둠에 숨으면서
조용해졌다.
넌 정원을 걷는다.
무언가 필요하다. 난 안다.

3

타인의 술잔
다른 이의 손에서
칼이었던 칼
거리의 달 말해 봐,
그런데도 부족하니?

4

달빛 아래 보는
금색과 어두운 색의
호랑이 발톱
새벽에 한 사람을
죽였는지 모른다.

5

구슬픈 빗물
대리석에 내린다.
흙은 슬프다.
사람의 나날과 꿈
새벽이 아니라 슬프다.

6

전쟁터에서
나의 혈통들처럼
죽지 않는 것.
소용없는 밤중에
음절 세는 사람이 되는 것.

동전 열세 개

동양 시인

백 번의 가을 동안 나는
당신의 은은한 음반을 쳐다보았다.
백 번의 가을 동안 나는
섬 위에서 당신의 무지개를 쳐다보았다.
백 번의 가을 동안 내 입술은
조용하지 않은 적이 없었다.

사막

시간 없는 공간

달은 모래색
지금, 바로 이 순간
메타우루스[1]와 트라팔가르[2] 용사들은 죽는다.

비 내린다

카르타고의 어떤 과거의 날에, 어느 마당에
이 비는 마찬가지로 내리고 있을까?

아스테리온[3]

인간 사료를 내게 공물로 바치는 해
그리고 수조에는 물이 있다.
내 안에는 돌길이 서로 엇갈려 있다.
나는 무엇을 불평할 수 있을까?

---

1) 2차 포에니 전쟁 때 벌어진 카르타고와 로마의 전투로, 한니발이 이탈리아를 떠나게 만든 결정적인 전투다.
2) 트라팔가르 해전은 1805년 10월 21일 영국 해군과 프랑스 및 스페인 연합 함대가 벌인 전투다. 이 해전에서 참패하면서 영국을 침공하려던 나폴레옹의 계획은 좌절되었고, 이 해전에서 승리한 영국은 백 년 이상 해군력의 우위를 지속했다.
3) 그리스어로 '별이 가득한'이란 뜻이다. 넬레우스와 클로리스의 아들로 크레타의 왕이었고, 황소의 모습을 했다.

해넘이에는
황소 머리가 다소 무겁다.

삼류 시인

목표는 망각.
나는 이미 도착했다.

창세기 4장 8절

최초의 사막에서 일어났다.
두 팔이 커다란 돌 하나를 던졌다.
비명은 들리지 않았다. 피만 흘렀다.
처음으로 죽음이 있게 되었다.
이제 나는 내가 아벨이었는지 카인이었는지 기억하지 못한다.

노섬브리아, 기원전 900년

새벽이 밝아 오기 전에 늑대들이 그를 물어뜯기를.
칼은 가장 짧은 길.

미겔 데 세르반테스

잔인한 별들과 상서로운 별들이
내가 탄생한 밤을 주재했네.
마지막 밤에는 감옥에 있었네,
내가 돈키호테를 꿈꾸었던 그곳에.

서쪽

석양이 지는 마지막 골목길.
팜파의 시작.
죽음의 시작.

레티로 농장

시간은 마당에서 말없이 체스를 둔다.
나뭇가지의 바스락거리는 소리가
밤을 갉작거린다. 밖에서 광활한 평원이
끝없는 땅을 먼지와 꿈으로 뒤덮는다.
두 개의 그림자, 우리는 다른 그림자들의 말을
옮겨 적는다. 헤라클레이토스[4]와 석가모니.

---

4) Heracleitos(기원전 540~기원전 480). 고대 그리스의 이른바 전소크라테

죄수

줄칼 하나
무거운 강철 문을 열 첫 번째 도구
언젠가 나는 자유의 몸이 될 것이다.

맥베스

우리의 행위는 정해진 길을 따르고,
그 길은 끝을 모른다.
나는 우리 왕을 죽여서 셰익스피어가
그의 비극을 엮게 했다.

영원

바다를 에워싸는 뱀, 그것은 바다.
수없이 반복된 이아손[5]의 노, 시구르드의 젊은 칼.
시간 속에서는 시간 속에 있지
않았던 것들만 지속한다.

　　　스 철학자. "같은 강물에 두 번 들어갈 수 없다."라는 말로 유명하다.
5) 그리스 신화 속의 영웅. 황금 양털을 찾으러 떠난 아르고호 원정대의 대
　　장이었다.

수사나 봄발[1]

키 큰 그녀는 저녁에 거만하게 으스대며
순결의 정원을 가로지르고, 되돌릴 수 없는
순수한 순간과 같은 바로 그 빛 속에 있고,
그렇게 이 정원과 말없이 고귀한 모습을 보여 준다.
나는 그녀를 지금, 여기에서 보지만,
동시에 칼데아에 있는 우르[2]의 오래된 석양에서도
본다. 한때는 돌과 교만함이었지만, 지금은

---

1) Susana Bombal(1902~1990). 아르헨티나의 작가로 보르헤스와 평생 동안 친하게 지낸 친구.
2) 수메르 문명 시기에 세워진 메소포타미아 지역 남부 도시. 역사상 매우 오래된 도시 중 하나다. 유프라테스강과 티그리스강이 페르시아만으로 흘러 들어가는 하구에 있다.

지구의 수많은 먼지가 된 어느 사원의
낮은 계단을 천천히 내려오거나,
다른 지역의 별 속에 간직된
마술적인 문자를 해독하거나,
영국에서 장미 냄새를 들이마시는 모습을 본다.
그녀는 음악이 있는 곳에, 연한 파란색에,
그리스의 육보격 시행에,
그리고 그녀를 찾는 우리의 고독 속에 있다.
그녀는 거울 같은 샘물 속에
시간의 대리석에, 어느 칼에,
어느 난간의 고요함 속에서
해넘이와 정원을 바라본다.

신화와 가면 뒤로
그녀의 영혼만이 혼자 있을 뿐.

부에노스 아이레스, 1970년 11월 3일

존 키츠[1]에게

처음부터 때 이른 죽음까지
말할 수 없는 아름다움이 당신을 숨어서
기다린다. 적절한 죽음, 혹은 심술궂은 죽음이
다른 사람들을 노리는 것처럼. 런던의 해돋이에서,
아무렇게나 펼친 신화 사전의 페이지에서,
일상적인 날의 평범한 선물에서, 패니 브론[2]의 얼굴과
목소리와 죽음의 입술에서, 그 아름다움이

---

1) John Keats(1795~1821). 영국의 낭만주의 서정시인. 퍼시 비시 셸리, 조지 고든 바이런과 함께 18세기 영국 낭만주의 3대 시인으로 꼽힌다. 대표 시집으로 『라미아』, 『이저벨라』가 있다.
2) Fanny Brawne(1800~1865). 존 키츠의 연인. "빛나는 별이여, 내가 너처럼 변치 않는다면 좋으련만."이라는 유명한 시구로 시작하는 존 키츠의 소네트는 패니 브론이라는 '빛나는 별'을 향한 노래였다.

당신을 기다린다. 아, 그러고서 마음을 빼앗긴 키츠,
시간은 앞을 못 보게 하고,
높은 곳의 종달새와 그리스 식의 납골함이
당신의 영원이 되리라. 아, 덧없는 시간이여,
당신은 불이었다. 허둥대는 기억 속에서
오늘날 당신은 유골이 아니다. 당신은 영광이다.

꿈꾸는 알론소 키하노[1]

남자는 초승달 모양의 칼과 평야를 불확실하게
꿈꾸다가 잠에서 깨어나고,
한 손으로 턱수염을 만지작거리면서
자기가 살았는지 죽었는지 생각한다.
달빛 아래서 그의 불행을 맹세한
요술쟁이들이 그를 쫓아오지 않을까?
아무 일도 없다. 약간 추울 뿐.
그리고 말년의 나이로 인해 조금 아플 뿐.

---

[1] Alonso Quijano. 미겔 데 세르반테스의 소설 『돈키호테』의 주인공 돈키호 테의 이름. 이 작품 시작 부분은 알론소 키하노가 "자기 자신에게 이름을 붙이고자 했고, 이런 생각으로 여드레를 보내고서, 마침내 '돈키호테'라 고 불러야겠다는 생각이 들었다."라고 설명한다.

시골 귀족은 세르반테스의 꿈이었고
돈키호테는 시골 귀족의 꿈.
두 개의 꿈이 두 사람을 헷갈리게 하고,
무슨 일인가가 일어나고 있는데, 그것은
이미 오래전에 일어난 일.
키하노는 잠자며 꿈꾼다. 그건 전쟁터,
레판토의 바다와 기관총.

어느 카이사르에게

악령과 구더기가 죽은 사람들의
부아를 돋우기 적당한 밤에,
당신의 복점관(卜占官)[1]들이 천체의 열린
영역을 네 개로 나누었지만,
모두 소용없는 일.
어둠 속 목 잘린 투우의 내장을
조사했지만, 그 역시 헛된 일.
오늘 아침 태양이 무장한 지방 장관의
충성스러운 칼을 비추지만, 역시 헛된 일.
궁궐에서 당신의 목은 덜덜 떨면서

---

1) 고대 로마에서 새의 울음소리나 날아가는 방향을 보고 나랏일의 길흉을 점치던 관리.

단도를 기다린다. 당신의 신호나팔이 울려 퍼지는
제국의 끝에서는 이미 기도문과 화톳불이 예감된다.
그리고 황금색과 어둠으로 뒤덮인 호랑이는
당신 산의 성스러운 공포를 더럽혔다.

눈먼 이

마리아나 그론도나[1]에게

1

그는 다양한 세상을 빼앗겼다.
과거와 마찬가지로 지금도 그대로인 얼굴들을,
이제는 멀리 떨어진 근처의 거리들을,
그리고 어제는 시퍼랬지만, 지금은 파르스름한 하늘을.
책에서는 기억이 남긴 것만 남아 있고,
기억은 순전히 제목에만 반영될 뿐,
그 망각의 형태는 감각이 아닌 형식만 간직한다.

---

1) 마리아나 그론도나 데 레가레타(Mariana Grondona de Legarreta, ?~1995). 아르헨티나 작가이며 보르헤스의 여자 친구. 대표작으로 『보랏빛 숄과 다른 이야기들』이 있다.

울퉁불퉁함이 덫처럼 나를 기다린다. 발을 내디딜 때마다
넘어질 수 있다. 나는 해돋이나 해넘이도 모르고
시간을 꿈처럼 느끼며 느릿느릿 걷는 죄수.
밤이다. 다른 사람들은 없다. 나는 시로 내 무미건조한
세계를 건설해야 한다.

2

1899년에 옴폭한 포도나무와 깊은
물통에서 내가 태어났을 때부터
기억 속에서는 짧지만, 그 가느다란 시간은
내게 이 세상에서 눈에 보이는 것들을 앗아 가고 있었다.
낮과 밤은 문학과 사랑받는 얼굴들의 윤곽을
닳게 한다. 피로에 지친 내 눈들은
부질없는 책장과 부질없는 독서대를
부질없이 살피며 조사했다.
파란색과 주홍색은 이제 안개와 같고
두 개의 소용없는 목소리다. 내가 바라보는 거울은
회색 물건. 친구들이여, 정원에서 나는
어둠의 음산한 장미 향기를 들이마신다.
이제는 단지 노란 모습만 남아 있고
그리고 내가 볼 수 있는 것은 오로지 악몽뿐.

그의 눈멂에 대해[1)]

별들과 이제는 보이지 않는
높푸른 하늘을 가르는 새도 볼 자격 없고,
다른 사람들이 가지런히 정리하는
그 선들, 그 글자들을 볼 자격도 없고,
그리고 육중한 대리석 묘도 볼 수 없고,
이미 기력을 상실한 내 눈은 어둠 속에서
그 묘비를 잃어버리고, 모습을 드러내지 않는
장미와 조용히 있는 황금색과 빨간색의
수많은 것들도 볼 수 없다.
그런 사람이 바로 나지만, 내 어둠 속에서

---

1) 이것은 존 밀턴(John Milton)이 눈이 완전히 멀었던 1655년에 자신의 실명을 주제로 쓴 소네트 제목을 연상시킨다.

바다와 여명을 여는 『천하루 밤의 이야기』의 사람도 아니고,
달 아래 동식물에 이름을 붙이는
그 아담을 노래하는
월트 휘트먼의 사람도 아니며,
망각이라는 하얀 선물을 받는 사람도 아니고,
내가 학수고대하면서도 요구하지 않는 사랑의 산물도 아니다.

찾기

세 세대가 끝날 무렵
나는 내 조상이었던 아세베도 가족의
농장으로 돌아간다. 막연하게
그들을 찾았다.
이 낡고 하얗고 네모난 집에서,
시원한 두 주랑 사이에서,
기둥들이 드리워 점점 커지는
어둠 속에서, 새의 때 아닌 비명 속에서,
옥상을 덮치는 빗속에서,
거울 안의 황혼 속에서,
예전에는 그들의 것이었지만,
이제는 나도 모르게 내 것이 되어 버린
거울 안의 영상과 메아리 속에서.

나는 쳐다보았다. 사막의 투창들을 멈춰 버린
쇠창살과 번갯불로 갈라진 종려나무,
애버딘의 검은 황소들, 저녁,
그들이 한 번도 보지 못했던
오스트레일리아 소나무를.
여기서 그들은 칼과 위험이었고,
가혹한 형벌로 처벌받았으며,
반란군이었다. 꼿꼿이 말을 타고서
시작도 끝도 없이 펼쳐진 들판을,
엄청나게 넓은 목장 주인들을 다스렸다.
페드로 파스쿠알,[1] 미겔,[2] 후다스 타데오[3]…….
단 하룻밤을 보내는 이 지붕 아래서,
세월과 먼지를 넘어,
기억의 유리창 너머로,
이상하게도 나는 꿈속에 있고, 그들은
죽음 속에 있는데, 우리는 하나가 되지 못했고,
헷갈리지도 않았다고 누가 내게 말해 줄 것인가.

---

[1] 페드로 파스쿠알 데 아세베도(Pedro Pascual de Acevedo, ?~1772). 카탈루냐 출신으로 1728년에 부에노스 아이레스로 왔다.
[2] 미겔 데 아세베도(Miguel de Acevedo, 1741~1805). 페드로 파스칼의 아들.
[3] 후다스 타데오 데 아세베도(Judas Tadeo de Acevedo, 1786~1852). 미겔 데 아세베도의 아들.

잃어버린 것

내 인생은 어디에 있을까? 내 것일 수 있었지만
그렇지 않았던 인생, 행복한 인생이거나
슬프고 소름 끼치는 인생, 칼이나 방패가
될 수 있었지만 그렇지 않았던 또 다른 것은
어디에 있을까? 잃어버린 페르시아 혹은 노르웨이
조상은 어디에, 내 눈이 멀지 않게 할
우연은 어디에, 닻과 바다는 어디에,
나라는 존재에 대한 망각은 어디에 있을까?
문학이 바라는 것처럼, 글 모르고 부지런한 낮은,
거친 농부를 믿는 순수한 밤은 어디에 있을까?
또 나는 나를 기다렸고, 아마 지금도 기다리고 있을
그 여자 친구를 생각한다.

H. O.

어느 거리에 초인종과 정확한 번지가
적혀 있고, 잃어버린 천국의 맛을 풍기는
굳건한 문이 있다. 이제 저물녘에 그 문은
내 발길을 막는다. 하루의 일과가 끝날 때면
희망의 목소리가 분해되고 망가진 매일매일
그리고 사랑스러운 밤의 평화 속에서
나를 기다렸을 것이다. 그러나 이제 그런 것들은
존재하지 않는다. 또 다른 나의 운명은
불분명한 시간, 순수하지 않은 기억, 문학의 남용,
그런 경계 속에서 원치 않는 죽음이다.
나는 오로지 그 돌만을 원한다. 그저 두 개의 모호한
날짜와 망각만을 달라고 애원한다.

의사의 종교,[1] 1643년

저를 지켜 주소서, 주님.(나는 당신을 부르지만,
그 누구도 뜻하지 않습니다. 그건
할 일이 없는 사람이 사용하고 두려운 저녁에
쓰는 습작의 말에 불과합니다.)
저를 지켜 주소서. 이미 몽테뉴[2]와 브라운,[3]
그리고 내가 모르는 스페인 사람이 말했습니다.
내 어둠의 눈이 아직도 알아볼 수 있는

---

1) 토머스 브라운 경의 신앙 고백서. 1643년에 출간되어 유럽의 베스트셀러가 되면서 작가에게 명성을 안겨 주었다.
2) 미셸 드 몽테뉴(Michel de Montaigne, 1533~1592). 프랑스 철학자이자 수필가. 대표작으로 『수상록』이 있다.
3) 토머스 브라운 경(Sir Thomas Browne, 1605~1682). 영국의 의사이자 작가. 대표작으로 명상록인 『의사의 종교』, 『키루스의 정원』이 있다.

이 모든 황금에서 아직도 내게 남은 것이 있다고.
주님, 대리석이나 망각이 되려는
초조한 욕구에서 저를 지켜 주소서.
이미 저였던 존재에서, 어쩔 수 없이
저였던 존재에서 저를 지켜 주소서.
칼이나 피 묻은 창에서가 아니라,
희망과 기대에서 저를 구해 주소서.

1971년

두 사람이 달 표면을 걸었다.
그러고서 다른 사람들도 걸었다. 우리의 언어는 무엇을
말할 수 있을까? 그토록 현실적이면서 거의 비현실적인
운명 앞에서 예술과 꿈은 무엇을 할 수 있을까?
신성한 공포와 모험에 도취해 그 휘트먼의 아이들은
달의 황무지, 아담 이전부터 우리를 지나가고 아직도
그대로인 순결한 행성에 발을 내디뎠다.
산속에서 일어난 엔디미온[1]의 사랑,

---

1) 그리스 신화에 나오는 인물로 대부분의 삶을 자면서 보낸 미소년. 달의
여신 셀레네가 누구의 방해도 받지 않고 엔디미온의 아름다움을 즐기려
고 그를 잠들게 했다고 한다.

히포그리프,[2] 내 기억 속에서는
진짜였던 웰스[3]의 흥미로운 구체,
이 모든 것이 확인된다. 이 모든 것은 엄청난 업적.
오늘날 이 땅에서 더 용감하고 행복한 사람은 없다.
그 마술적인 친구들의 기나긴 여행이라는
하나의 효력으로 아득한 날이 힘껏 감격한다.
지상의 사랑이 슬픈 얼굴로, 충족되지 않은 갈망으로,
하늘에서 찾는 영원한 하나의 달은
그들의 기념비가 되리라.

---

2) 수컷 그리핀과 암말 사이에서 태어났다고 전해지는 상상의 동물. 『광란의 오를란도』에서 달로 가는 모험을 감행한다.
3) 허버트 조지 웰스(Herbert George Wells, 1866~1946). '과학 소설의 아버지'라고 불리는 영국의 소설가. 대표작으로 『우주 전쟁』, 『타임머신』, 『달나라 최초의 인류』가 있다.

사물들

다른 사람들이 책장 선반 깊숙한
곳에 숨겨 두고 여러 낮과 밤이
서서히 조용하게 먼지로 뒤덮는
떨어진 책. 영국을 둘러싼 바다들이
보이지 않는 부드러운
심연 속에서 누르고 있는 시돈[1] 항구의 닻.
집이 덩그렇게 혼자 남았을 때
아무도 비추지 않는 거울.
우리가 광활한 시간과 공간 속에
그냥 놔두는 손톱 줄.

---

[1] 레바논 남부의 지중해 해안에 있는 항구로, 호메로스의 『일리아스』와 구약 성서에 자주 등장한다.

한때 셰익스피어였던 해독할 수 없는 먼지.
구름의 모양 변화.
아이들 만화경의 숨겨진 유리 속에
우연하게도 순간적으로 대칭을 이룬 장미.
최초의 배인 아르고호의 노.
나른하면서도 파멸적인 파도가 해변에서
지워 버리는 모래 위의 발자국.
불빛이 곧은 회랑에서 꺼지고 한밤중에
발소리 하나도 들리지 않을 때
터너[2]의 색깔들.
장황하고 지루한 세계 지도의 뒷면.
피라미드의 엷고 가는 거미줄.
보지 못하는 돌과 궁금해하는 손.
내가 새벽이 되기 전에 꾸었고
날이 밝자 잊고 말았던 꿈.
오랜 시간이 흘러도 망가지지 않고
오늘날까지 강철 같은 몇 행이 남아 있는
핀스부르흐 서사시의 시작과 끝.
압지에 묻은 경영(鏡映) 문자.
물탱크 바닥의 거북이.

---

2) 조지프 말러드 윌리엄 터너(Joseph Mallord William Turner, 1775~1851). 영국의 화가. 19세기의 가장 위대한 풍경 화가로 평가받으며, 빛과 순수한 색채를 추구한 것으로 유명하다. 주요 작품으로는 「수송선의 난파」와 「전함 테메레르」가 있다.

도저히 있을 수 없는 것. 일각수(一角獸)[3]의
또 다른 뿔. 삼위일체인 존재.
삼각형 원반. 공중에서 움직이지 않는
엘레아학파의 화살[4]이 과녁을 명중하는
감지할 수 없는 순간.
베케르[5]의 시 속에 있는 꽃.
시간이 멈추게 만든 진자.
오딘[6]이 나무에 박아 놓은 무기.
페이지가 제대로 잘리지 않은 책.
항구적으로 보면 절대 멈추지 않았고
지금도 음모의 일부인 후닌 전투[7]에서
들려오는 말발굽의 메아리.
보도에서 보이는 사르미엔토[8]의 그림자.

---

3) 말과 생김새가 비슷하며 이마에 뿔이 하나 있는 전설의 동물.

4) 엘레아학파인 제논이 주장한 화살의 역설. 화살이 날아가고 있다고 가정한다면, 화살은 어느 점을 지난다. 한순간이라면 화살은 어떤 한 점에 머물러 있고, 다음 순간에도 어느 점에 머물러 있다. 화살은 항상 머물러 있으므로, 사실은 움직이지 않는다는 주장이다.

5) 구스타보 아돌포 베케르(Gustavo Adolfo Bécquer, 1836~1870). 스페인의 시인이자 산문 작가. 대표작으로는 『서정시집』과 『전설집』이 있다.

6) 북유럽 신화의 주요 신으로 전쟁의 신. 영웅 문학에서는 영웅을 수호하는 신으로 등장한다.

7) 후닌 전투는 1824년 8월 6일에 벌어졌으며, 페루 독립 과정에서 스페인 군대와 독립 군대가 싸운 마지막 전투 중 하나다.

8) 도밍고 파우스티노 사르미엔토(Domingo Faustino Sarmiento, 1811~1888). 아르헨티나의 정치인이자 작가이며 군인. 1868년부터 1974

산속에서 목동이 들은 목소리.
사막에서 희끗희끗해지고 있는 해골.
프란시스코 보르헤스[9]를 죽인 총알.
태피스트리 뒷면. 버클리[10]의 하느님을 제외하고
아무도 보지 않는 것들.

년까지 아르헨티나 대통령을 역임했다. 대표작으로는 『파쿤도, 문명과 야만』이 있다.
9) 프란시스코 이시드로 보르헤스(Francisco Isidro Borges, 1835~1874). 우루과이 태생의 아르헨티나 군인으로 파라과이 전쟁에 참여했다. 호르헤 루이스 보르헤스의 조부다.
10) 조지 버클리(George Berkeley, 1685~1753). 아일랜드의 철학자이자, 성공회 주교. 대표작으로 『인간 지식의 원리론』과 『하일라스와 필로누스가 나눈 세 편의 대화』가 있다.

위협받는 남자

그건 사랑이다. 난 숨거나 도망쳐야만 할 것이다.
잔혹한 꿈속에 있는 듯 방의 벽은 커진다. 아름다운 가면은 바뀌었지만, 평소처럼 그것은 단 하나. 내 부적은 내게 무슨 도움이 될까? 문학 작품을 쓰거나, 모호하고 막연한 지식을 익히거나, 무섭고 사나운 노르드인들이 바다와 칼을 노래하려고 사용한 단어들을 배우거나, 평온한 우정을 유지하거나, 도서관의 회랑들과 일반적인 것들과 습관들을 익히거나, 우리 어머니의 젊었을 때 사랑을 알거나, 죽은 내 조상들이 보여 주는 군인의 그림자를 느끼거나, 영원한 밤이나 꿈의 맛을 아는 것일까?
당신과 함께 있거나 함께 있지 않는 것, 그것이 내 시간의 척도.
이제 항아리는 샘 위에서 깨지고, 남자는 새의 노랫소리를 듣고 일어나고, 창문으로 쳐다보는 사람들은 흐려졌지만, 그림자가 마음의 평안을 가져오지는 않았다.

이제 나는 알고 있다. 당신의 목소리를 듣고자 갈망하고, 들으면 안도하며, 기다리고 기억하며, 연속성 속에서 사는 것을 두렵고 무서워하는 것, 이것이 사랑이다.

내가 감히 용기를 내지 못해 지나가지 못하는 길모퉁이가 하나 있다.

이미 군인들, 커다란 무리가 나를 에워싼다.

(이 방은 비현실적이다. 그래서 그녀를 보지 못한다.)

여자의 이름이 내게 드러난다.

여자가 내 온몸을 아프게 한다.

프로테우스

오디세우스의 선원들이 포도주색의
바다를 남김없이 노 저으며 다니기 전에
나는 정확하게 말할 수 없는 그 신의
모습을 예측한다. 그 이름은 프로테우스.
바다 파도 떼의 목자이며
예언의 재능을 소유한 사람,
그는 알고 있는 것을 숨기고자 하며,
서로 연결되지 않는 신탁을 섞어 짠다.
사람들 요구로 그는 사자나 화톳불 모습을
취하거나 강변에 그늘을 드리우는 나무나
물에서 사라지는 물의 모습을 취하기도 한다.
이집트 사람 프로테우스에게 놀라지 말라,
너, 너는 하나이자 수많은 사람이니까.

프로테우스의 다른 판본

수상한 모래의 거주자
반은 신이고 반은 바다짐승,
어제와 잃어버린 것들에게 인사하는
기억을 그는 몰랐다.
프로테우스는 마찬가지로 잔혹한
다른 고통을 겪었는데, 그것은 바로
미래에 이미 내포된 것을 아는 것. 그건
영원히 닫히는 문, 트로이 목마, 아카이오스족.
포위되자 그는 폭풍이나 화톳불,
또는 황금 호랑이나 표범
또는 물속에서 보이지 않는 물 같은
알 수 없는 모습을 취했다.
너 역시 변덕스러운 어제와

내일로 만들어진 몸.
그런 동안, 그 전에는…….

야누스의 흉상이 말한다

문 앞에서 문을 주재하는 두 얼굴을
기리지 않고는 아무도 문을 닫거나
열지 못하리라. 나는 불확실한 바다의
수평선과 확실한 땅의 지평선을 바라본다.
내 두 얼굴은 과거와 미래를 식별한다.
그것들을 보지만, 무기와 싸움과 악행은
모두 똑같다. 누군가가 그것들을 지울 수 있었지만,
지우지 않았고 지울 수도 없을 것이다.
내게는 두 손이 없으며, 나는 움직이지 않는 돌로
되어 있다. 내가 미래의 집념을 보는지 아니면
오늘날 희미한 과거의 집념을 보는지 정확히
말할 수는 없다. 나는 내 잔해를 본다. 잘린 척추와
절대로 서로 바라보지 않을 두 얼굴을.

가우초[1]

활짝 트이고 자연 그대로이며
거의 비밀스러운 어느 평원 끝의 아들이
튼튼한 밧줄을 던져 시커먼 목덜미의
단단한 투우를 제지한다.
원주민과 스페인 군인들과 싸웠고
카드놀이와 노름에서 싸우다가 죽었다.
조국을 위해 목숨을 바쳤지만, 조국은 그를
잊었고, 그렇게 그는 점차 모든 것을 잃어버렸다.
오늘날은 시간과 지구의 먼지.

---

1) 가우초 문학의 대표작으로 1872년에 아르헨티나의 시인 호세 에르난데스(José Hernández)가 발표한 『가우초 마르틴 피에로』의 주인공 마르틴 피에로를 지칭한다.

이름은 남아 있지 않지만, 이름은 지속된다.
다른 수많은 사람도 그랬고, 오늘날 조용한
말이 되어 문학을 움직인다.
도망자이자 하사였고 무장대였다.
그는 장엄한 산맥을 가로지른 사람이었다.
또 우르키사[2] 혹은 리베라[3]의 병사였는데,
그건 중요하지 않다. 그는 라프리다[4]를 죽인 장본인이었다.
그는 하느님을 믿지 않았다. 그들은 무기와 용기라는
옛 신앙을 믿었고, 애원이나 슬픔 따위는 아랑곳하지 않았다.
그런 믿음으로 그들은 죽고 죽였다.
반란군 기마 부대의 성함과 쇠함 속에서
기장 색깔 때문에 죽으면서도,
그는 아무것도 요구하지 않았고, 심지어 요란한 죽음인
명예도 달라고 하지 않았다.
그는 평범한 사람이었고, 오두막의 차분한

---

2) 후스토 호세 데 우르키사(Justo José de Urquiza, 1801~1870). 아르헨티나의 정치인이자 군인. 엔트레 리오스 지방 주지사를 여러 차례 역임했으며, 연방 정당의 지도자였고, 1854년부터 1860년까지 '아르헨티나 연합'의 대통령을 지냈다.
3) 호세 프룩투오소 리베라(José Fructuoso Rivera, 1784~1854). 우루과이의 군인이자 정치인으로 독립 전쟁에 참여했고, 초대 우루과이 대통령이었으며, 콜로라도당의 창립자이다.
4) 프란시스코 나르시스코 데 라프리다(Francisco Narciso de Laprida, 1786~1829). 아르헨티나의 변호사이자 정치인. 1816년 독립이 선포되었을 때 투쿠만 의회 회장이었다.

어둠 속에서 호젓하게 꿈을 꾸고 마테차를 만드는 동안
동쪽에서는 이미 황량한 새벽빛이 밝아 온다.
그는 한 번도 나는 가우초다, 라고 말하지 않았다.
그의 운명은 남의 운명을 상상하지 않는 것.
우리처럼 배우지도 못하고, 우리처럼 고독하게.
그는 죽음의 세계로 들어갔다.

표범

튼튼한 쇠창살 뒤로 표범은
단조로운 길을 반복할 것이다.
그것은 검고 불행하며 죄수와 같은
운명이지만, 표범은 그걸 모른다.
수많은 사람이 그곳을 지나가고 또
수많은 사람이 되돌아오지만, 숙명적인
표범은 하나이자 영원하다. 표범은 자기 동굴에서
그리스인이 꾼 꿈에서 하나이자 영원한
아킬레우스가 그리는 직선[1]을 그린다.
표범은 초원과 산이 있다는 것을 모르며,
사슴의 떨면서 흔들리는 창자가 분별없는

---

1) 아킬레우스가 거북을 따라잡을 수 없다는 제논의 역설을 의미한다.

그의 식욕을 만족시켜 줄 것임을 모른다.
천체가 여러 개라는 것은 헛된 일. 각각의 천체가
완수하는 하루 일정은 이미 정해져 있다.

너

온 세상에서 단 한 사람이 태어났고, 단 한 사람이 죽었다.

이것과 다른 말을 하는 것은 통계에 불과하며, 있을 수 없는 확장이다.

비 냄새와 네가 그제 밤에 꾸었던 꿈을 하나로 합치는 것도 마찬가지로 불가능하다.

그 사람은 율리시스, 아벨, 카인, 별자리를 지시한 첫 번째 사람, 첫 번째 피라미드를 세운 사람, 『주역』의 육각 형상을 고안한 사람, 헹기스트의 칼에 룬 문자를 새긴 대장장이, 사수 아이나르 탐바르스켈피르,[61] 루이스 데 레온,[62] 새뮤얼 존슨[63]을 낳은 서적

---

1) Einar Thambarskelfir(980~1050). 11세기 노르웨이 귀족이자 정치인. 올라프 하랄손과 맞선 영주들을 이끌었다. 그의 성은 '활시위를 흔드는'이라는 뜻이며, 따라서 그의 이름은 '큰 활의 대가'라는 의미이다.

상, 볼테르⁶⁴⁾의 정원사, 비글호의 뱃머리에 있는 다윈, 처형실에 있는 어느 유대인, 그리고 시간이 흐르면서 너와 나.

단 한 사람이 일리온⁶⁵⁾전쟁, 메타우루스전투, 헤이스팅스 전투⁶⁶⁾, 아우스터리츠 전투,⁶⁷⁾ 트라팔가르 해전, 게티즈버그 전투⁶⁸⁾에서 죽었다.

단 한 사람이 수많은 병원과 수많은 배 안에서, 힘들고 괴로운 고독 속에서, 평상적이면서도 사랑이 이루어지는 방에서 죽었다.

단 한 사람이 광활한 오로라를 쳐다보았다.

단 한 사람이 혀에서 물의 시원함과 과일과 고기의 맛을 느꼈다.

---

2) 프레이 루이스 데 레온(Fray Luis de León, 1527~1591). 스페인의 신학자이자 신비주의 시인이며, 아우구스티누스 수도회 수사. 대표작으로 『완전한 아내』와 시 「은둔의 삶」과 「고요한 밤」이 있다.

3) Samuel Johnson(1709~1784). 영국의 시인이자 평론가. 대표작으로 시집 『덧없는 소망』과 『영국 시인들의 생애』가 있다.

4) 프랑수아마리 아루에(François-Marie Arouet, 1694~1778). 프랑스의 계몽주의 작가로 필명인 볼테르(Voltaire)로 더 알려져 있다. 대표작으로 『샤를 12세의 역사』, 『캉디드』가 있다.

5) 트로이의 옛 이름.

6) 1066년 10월 14일 노르망디 공국(노르웨이)의 정복왕 윌리엄과 잉글랜드 국왕 해럴드의 군대가 맞붙은 전투로, 노르망디군이 승리하면서 윌리엄이 잉글랜드의 윌리엄 1세로 등극하고, 노르만 왕조가 성립되었다.

7) 나폴레옹의 빛나는 승리 중 하나로, 프랑스 제국에 대항하여 결성된 3차 동맹을 효과적으로 분쇄했다.

8) 1863년 7월 1일부터 1863년 7월 3일까지 게티즈버그 인근에서 벌어진 전투로, 남북 전쟁에서 가장 참혹한 전투였으며, 흔히 남북 전쟁의 전환점으로 평가된다.

나는 유일한 사람, 단 한 사람, 항상 혼자 있는 사람에 대해 말한다.

노먼, 오클라호마

다수(多數)의 시

나는 외로운 빛이 수놓은
소박하고 금욕적인 먼 하늘을 생각한다.
에머슨[1]이 수많은 밤에 눈 덮인
엄숙한 콩코드[2]에서 하늘을.
여기는 너무 많은 별이 넘쳐흐른다.
사람도 너무 많다. 새와 벌레, 얼룩덜룩한 재규어와
뱀들, 엉키고 뒤섞이는 나뭇가지들,
모래알과 커피 알, 그리고 나뭇잎들,

---

1) 랠프 월도 에머슨(Ralph Waldo Emerson, 1803~1882). 미국의 시인이자 사상가. 대표작으로 『자연』, 『위인이란 무엇인가』가 있다.
2) 매사추세츠주 동부의 마을로 독립 전쟁의 시발이 된 곳이다. 에머슨, 호손 등이 살았다.

이 모든 것이 수많은 세대를 거쳐 번식하면서,
아침을 내리누르고 작고 쓸모없는 미로를
아낌없이 준다.
아마 우리가 밟는 모든 개미는 하느님 앞에서
유일한 존재이며, 그분은 그런 행위에
기대어, 자신의 흥미로운 세상을 지배하는
정확한 법칙을 실행에 옮길 것이다.
그렇지 않다면, 전 세계는 실수이자
골치 아픈 혼돈이리라.
흑단 거울과 물거울
꿈의 창의적인 거울,
이끼들, 물고기들, 녹석(綠石)들,
시간 속에 줄지어 있는 거북이들,
단 하룻저녁만을 사는 반딧불들,
상록수 아라우카리아 나무의 왕조들,
어느 책의 가냘프고 또렷한 글자들,
밤은 그 글자들을 지우지 못하지만,
분명히 그것들은 나 못지않게
개인적이고 불가해하고, 나는 나와 그것들을
헷갈린다. 난 나병 환자나 칼리굴라[3]를

---

3) Caligula(12~41). 로마 제국의 제3대 황제로 37년부터 41년까지 재위했다. 폭군의 상징으로, 화려한 만찬을 즐기고 도박을 일삼았으며, 국고를 탕진해 재정을 파탄냈고, 누이들과 근친상간을 하고 자신을 스스로 신격화했다.

감히 평가하고 판단하지 않는다.

1970년, 상파울루

파수꾼

빛이 비치고, 나는 나 자신을 기억한다. 그는 저기 있다.
그는 자기 이름을 내게 말하기 시작한다.
그 이름은(이제야 분명하게 알아듣는다.) 내 이름.
나는 십 년을 일곱 번 넘게 지속했던 예속 상태로 돌아간다.
그의 기억이 나를 짓누른다.
매일매일의 고통과 고뇌, 그리고 인간 조건이 나를 짓누른다.
나는 그의 늙은 간호사. 그는 자기 발을 씻으라고 요구한다.
그는 나를 훔쳐본다. 거울에서, 마호가니 틀 속에서, 가게 진열장에서.
한 여자, 혹은 다른 여자가 그를 거부했고,
나는 그의 슬픔을 함께 나누어야 한다.
그는 내게 이제 이 시를 구술하지만, 나는 좋아하지 않는다.
내게 고집스러운 앵글로·색슨어를 임시로나마 배우라고 강요한다.

나는 아마 단 한마디 말도 건네지 못했을 죽은 군인들에게 영웅시되었다.

층계 마지막 계단에서 나는 그가 내 옆에 있다고 느낀다.

그는 내 걸음걸이 안에, 내 목소리 안에 있다.

지극히 세세한 것까지 나는 그를 증오한다.

나는 인상을 찌푸리면서 그가 거의 앞을 보지 못한다는 것을 깨닫는다.

나는 원형의 감방에 있고, 무한한 벽이 조여 온다.

둘 중 아무도 상대방을 속이지 않지만, 우리 둘은 거짓말한다.

우리는 서로를 너무 잘 알고 있으며, 우리는 떼려야 뗄 수 없는 형제.

너는 내 잔으로 물을 마시고 내 빵을 먹어 치운다.

자살로 가는 문은 열려 있지만, 신학자들은 다른 왕국의 마지막 어둠 속에 내가 있으면서, 나를 기다릴 것이라고 말한다.

독일어에게

내 운명은 스페인어,
프란시스코 데 케베도[1]의 청동 같은 말,
그러나 천천히 길게 진행되는 밤에는
그것과 그보다 은밀한 음악이 나를 흥분시킨다.
어떤 음악은 내 혈통으로 받았고―
아, 셰익스피어와 성경의 목소리여―
다른 것들은 우연히, 후하게 주어졌지만,
너를, 독일의 달콤한 언어를,
나는 선택했고 외롭게 찾았다.
문법책과 밤샘 공부로,

---

[1] Francisco de Quevedo(1580~1645). 스페인 '황금 세기'의 작가. 대표작으로 소설 『사기꾼』과 시집 『꿈』이 있다.

격변화의 밀림을 통해, 그리고 절대로
미묘한 차이를 정확하게 짚어 내지 못하는
사전을 통해, 나는 점차 다가갔다.
내 밤은 베르길리우스로 울림으로 가득 차서,
나는 언젠가 말했다. 나 역시 횔덜린[2]과
안겔루스 질레지우스[3]처럼 말할 수 있었을 거라고.
하이네는 고결한 나이팅게일을,
괴테는 만년의 사랑이라는 운명과
동시에 탐욕스럽고 관대한 사랑을 알려 주었다.
켈러[4]는 어느 손이 장미를 사랑했다가
죽은 사람의 손에 남기는 장미를,
흰색인지 붉은색인지 절대로 알지 못할
장미를 알려 주었다.
너, 독일어여, 너는 네가 만든 걸작,
합성어와 열린 모음으로 함께 짜인 사랑,
그리스어의 꼼꼼한 육보격을
허용하는 음성, 그리고 밀림과 밤을 말하는
너의 소곤거림. 나는 언젠가 너를 가졌었다.

---

2) 요한 크리스티안 프리드리히 횔덜린(Johann Friedrich Hölderlin, 1770~1843). 독일의 시인이자 철학자. 대표작으로 『히페리온』, 『빵과 포도주』가 있다.
3) Angelus Silesius(1624~1677). 독일의 가톨릭 사제이자 물리학자이며 시인. 대표작으로 『방랑하는 천사』, 『영혼의 신성한 즐거움』 등이 있다.
4) 고트프리트 켈러(Gottfried Keller, 1819~1890). 스위스의 소설가이자 시인. 대표작으로 『녹색의 하인리히』, 『밤의 고요』가 있다.

오늘, 피곤한 세월의 끝에서, 나는
산수와 달처럼 멀리서 너를 느낀다.

슬픔에 잠긴 사람에게

거기 예전의 것이 있다. 색슨족의 고집스러운
칼과 그들의 무쇠처럼 견고한 운율,
바다와 라에르테스의 아들[1]이 추방당해
떠돌았던 섬들, 페르시아 사람의
황금빛 달과 철학과 역사의 끝없는 정원,
기억 속의 장례용 황금과
어둠 속을 떠도는 재스민 향내.
그런 건 하나도 중요하지 않다. 체념한
시 쓰기 연습은 당신을 구하지 못하고
꿈의 물을, 맑은 밤이면
새벽이 오는 것도 잊어버리는 별도 구하지 못한다.

---

1) 오디세우스를 가리킨다.

당신이 보살필 수 있는 것은 한 명의 여자뿐,
그녀는 다른 여자들과 같지만, 그 여자는 그녀.

바다

바다. 젊고 기운찬 바다. 율리시스의 바다와
이슬람 사람들이 선원 신드바드라고
유명한 별명을 지어 준 또 다른 율리시스의
바다. 뱃머리에 우뚝 선 에이리크 힌 라우디의
희뿌연 파도의 바다. 고아의 늪지에서 조국의
서사시와 비가를 쓴 그 기사[1]의 바다.
트라팔가르의 바다. 영국이 기나긴 역사를
지나오면서 노래했던 바다,
매일 전쟁을 연습하면서
영광의 피로 물들인 험한 바다.

---

1) 포르투갈의 시인 루이스 드 카몽이스(Luís de Camões, 1524~1580)를 지 칭한다.

고요한 아침에 쉬지 않고 무한한 백사장에
고랑을 파는 바다.

헝가리의 첫 번째 시인에게

그대에게는 미래인 이 날짜에,
불타는 행성에서 혹은 투우의 창자에서
금지된 미래의 모습을 보는
복점관도 이르지 못하는 이날에,
형제이자 어둠이여, 백과사전에서 그대 이름을 찾고
강이 그대 얼굴을 나타냈으며,
오늘은 파멸이자 먼지라는 것을 깨닫는 것은
내게 전혀 힘들지 않으리라,
오, 왕들이여, 오, 우상들이여, 오, 칼들이여,
그대의 무한한 헝가리의 광채여,
이들이 그대의 목소리를 최초의 노래로 세웠노라.
밤과 바다, 수백 년의 변화, 날씨, 제국들과 피는
우리를 떼어 놓지만,

소리와 상징의 습성인 말에 대한
신비로운 사랑은 우리를 불가해하게
하나로 만든다.
엘레아학파의 활 쏘는 사수처럼
텅 빈 오후에 혼자 있는 한 사람은
이 불가능한 향수, 목적지가 어둠인 이 향수가
끝없이 달려가게 한다.
우리는 절대로 얼굴을 마주치지 않을 것이니,
아, 내 목소리가 도달하지 못하는 조상이시여.
그대에게 나는 메아리도 되지 못하고,
내게 나는 열망이며 비밀이며,
마법과 공포의 섬이다.
아마도 모든 사람이 그런 것처럼,
다른 별 아래서 그대가 그랬던 것처럼.

강림(降臨)

나는 부족민들과 새벽녘에 있었던 사람.
동굴 한쪽 구석의 내 자리에 누워,
꿈이라는 어두운 물속으로 가라앉으려고
애썼다. 화살 파편에 상처 입은
동물들의 망령이 어둠을 공포에
질리게 한다. 무언가가, 아마도 약속 실행,
산에서 내 적의 죽음, 아마도 사랑,
아마도 마법의 돌이 내게 주어졌었다.
나는 그것을 잃어버렸다. 수백 년 동안 기억은
마모되어 그 밤과 그 밤의 아침만 간직한다.
나는 열망하고 두려워한다. 갑자기 새벽을
가로지르는 한 무리의 끝없는, 그리고 희미한
두런거림을 들었다. 떡갈나무 활, 뾰족한 화살,

나는 그것들을 두고 동굴 끝에 있는
틈새로 달려갔다.
바로 그때 나는 보았다. 붉은 숯불,
잔인한 뿔, 커다란 등, 사악하게 무언가를 노리는
눈처럼 음산하기 그지없는 갈기.
셀 수 없이 많았다. 들소야, 라고 나는 말했다.
내 입술로 그 단어를 말한 적은 없지만,
나는 그 이름이 그것이라고 느꼈다.
내가 한 번도 본 적 없는 것처럼,
오로라 속에서 들소가 보이기 전에
눈이 멀어 죽은 것 같았다.
그것들은 오로라에서 모습을 드러냈다.
그것들은 오로라였다.
나는 다른 사람들이 그 신성한 야수성과
무지와 교만으로 가득한 그 무거운 강을,
별처럼 무심한 그 강을 더럽히지 않길 바랐다.
들소들은 거리의 개를 짓밟았고,
사람에게도 아마 똑같이 했을 것이다.
그러고서 나는 동굴에 황토와 진사(辰砂)로
들소들을 그릴 것이다. 그것은 희생과 기도의
신이었다. 내 입은 결코 알타미라라는 이름을
말하지 않았다. 내 모습은 수없이 많았고,
내 죽음도 수없이 많았다.

유혹

키로가 장군[1]은 자기 무덤으로 간다.
그를 초대하는 사람은 용병 산토스 페레스.
그리고 그의 배후에는 팔레르모의 숨은 거미
로사스[2]가 있다.

---

1) 후안 파쿤도 키로가(Juan Facundo Quiroga, 1788~1835). 19세기 초반 아르헨티나의 정치인이자 군인. 독립 선포 이후 연방주의를 추구하는 연방당과 중앙 집권제를 주장한 통합당이 충돌한 내전에서 연방당을 위해 투쟁했다.
2) 후안 마누엘 데 로사스(Juan Manuel de Rosas, 1793~1877). 아르헨티나의 군인이자 정치인. 1829년에 부에노스 아이레스 지방 주지사가 되었고, 1835년에서 1852년까지 아르헨티나 연방의 통치자였다. 아르헨티나 역사에서 그의 영향은 너무나 지대해서 그가 통치한 시기는 '로사스 시대'라고 불린다.

착한 겁쟁이 덕분에 로사스는
용감한 사람보다 더 약하고 무른 사람은
한 명도 없다는 것을 알고 있다.
후안 파쿤도 키로가는 어리석을 정도로
무모하다. 이 사건으로 그의 증오가 어느 정도인지
살펴볼 수 있다. 그는 로사스를 죽이기로
마음먹었다. 하지만 생각하고 머뭇거린다.
마침내 찾던 무기를 손에 쥔다.
위험을 갈망하고 갈구하기 때문일 것이다.
키로가는 북쪽으로 떠난다. 로사스는
거의 마차에 오르기 직전에 경고한다.
로페스[3]가 그를 죽이려 한다는 소문이 돈다고.
그에게 호위병 없이 무모한 여행을 하지 말라고
충고한다. 그는 자기가 호위병을 제공하겠다고 제안한다.
파쿤도는 웃는다. 그는 남의 호위를 받을 필요가 없다.
자기 군대만으로 충분하다. 덜컹거리는 마차가
마을들을 뒤로한다. 긴 거리와 오랫동안의
비 때문에 마차가 속도를 내지 못한다.
안개와 진흙탕, 그리고 불어난 물.
마침내 멀리서 코르도바가 보인다. 사람들은
그들을 마치 유령인 듯 바라본다.

---

[3] 에스타니슬라오 로페스(Estanislao López, 1786~1838). 아르헨티나 독립 전쟁의 영웅이자 연방주의자 장군. 1818년부터 1838년까지 산타페 지방을 통치했다.

모두 그들을 이미 죽은 몸으로 여기는 것이다.
전날 밤 코르도바 주민 모두는 산토스 페레스가
칼을 나누어 주는 것을 보았다. 유격대는
산지 출신의 기병 서른 명으로 이루어졌다.
이토록 파렴치한 방식의 범죄는 한 번도 도모된
적이 없었다, 라고 후에 사르미엔토는 쓴다.
후안 파쿤도 키로가는 안색 하나 변하지 않는다.
그는 북쪽으로 계속 전진한다. 산티아고 델 에스테로[4]에서
카드놀이를 하고, 아름다운 위험과 마주한다.
해가 지고 해가 뜨는 사이에 금화 수백 개를
잃거나 딴다. 불안이 점점 심해진다. 갑자기
그는 돌아가기로 하고 명령한다.
그와 부하들은 위험한 길을 다시 잡고
그 황량한 땅과 그 산들을 지난다.
오호 데 아구아[5]라는 곳에서 객줏집 주인은
그곳으로 유격대가 지나갔으며, 그 부대의 임무는
그를 죽이는 것이라고 알려 주고
그를 기다리는 장소가 어디인지 밝힌다.
아무도 도망치지 못하게 하라, 이것은 명령이다.
부대장 산토스 페레스는 그렇게 단언했다.
파쿤도는 겁먹지 않는다.
감히 키로가를 죽이려는 사람은 아직 태어나지

---

4) 아르헨티나 중북부에 있는 산티아고 델 에스테로주의 주도(州都).
5) 산티아고 델 에스테로주에 있는 마을.

않았다, 라고 대답한다.
그의 부하들은 창백해지면서 입을 다문다.
밤이 되지만, 확실치 않은 자기의 신을 굳게 믿는
오로지 운명적인 사람, 강한 사람만이 잠을 잔다.
날이 밝는다. 하지만 아침을 다시 볼 수 있는
사람은 아무도 없다. 이미 언제나 수없이 말해진
이야기를 어떻게 끝내야 할까? 마차는 바랑카 야코[6]로
가는 길을 잡는다.

---

6) 코르도바 지방의 툴룸바와 신사카테 사이에 있는 골짜기. 1835년 2월 16일 산토스 페레스가 이끄는 부대에 후안 파쿤도 키로가 장군이 살해된 장소로 유명하다.

1891년

그를 어렴풋이 보는가 싶었는데 시야에서 사라진다.
좁은 이마에 헝클어진 수염으로
딱 맞는 검은색 정장을 점잖게 입고
그리고 평범한 목도리를 두르고
저녁에 외출한 사람들 사이로
생각에 잠겨, 아무도 쳐다보지 않고 걸어간다.
피에드라 거리 모퉁이에서 습관대로
독한 브라질 술 한 잔을 시킨다.
누군가가 그에게 잘 가라고 소리친다. 그는 대답하지 않는다.
그의 눈에는 오랜 원한이 서려 있다.
다른 블록에서 밀롱가[1] 한 소절이 마당에서

---

[1] 가우초 문화에서 유래된 음악으로 아르헨티나와 우루과이의 민속 노래다.

새어 나온다. 그 싸구려 기타들은
항상 인내심을 시험하지만,
걸어가면서 자기도 모르게 노래에 몸을 흔든다.
손을 들어 조끼 안주머니에 있는 단도의
단단한 손잡이를 만지작거린다.
빚을 청산하러 간다. 이제 멀지 않다.
몇 발짝을 옮기고서 남자는 멈춘다.
현관에 엉겅퀴 꽃이 있다.
그는 빗물통에서 양동이 두드리는 소리와
너무나 귀에 익은 목소리를 듣는다.
마치 그들이 기다린다는 듯이 그는
이미 열려 있는 덧문을 민다. 바로 오늘 밤,
아마도 그들은 그를 이미 죽였을 것이다.

1929년

예전에 햇빛은 마지막 마당과 접한
방으로 더 일찍 들어왔다.
이제는 옆의 이층집 때문에
햇빛이 들지 않지만, 어슴푸레한
어둠 속에서 셋방 사는 가난한
사람은 새벽녘부터 깨어 있다.
아무 소리도 내지 않고, 옆방 사람들을
깨우지 않으려고 조용히 마테차를 마시며
기다린다. 매일 그렇듯이, 할 일이 없는 다른 날처럼,
그리고 항상 욱신거리는 통증을 느끼며
내 삶에는 여자가 없어, 라고 생각한다.
친구들을 만나면 짜증이 난다. 그는 자기 역시 그들을
짜증 나게 할 거라고 생각한다. 그들은 그가 알아듣지

못하는 것들, 골키퍼, 축구 팀에 대해 말한다.
그는 시계를 보지 않았다. 서두르지 않고
자리에서 일어나 쓸데없이 장황하고 끈덕지게
면도한다. 시간을 보내야 하기 때문이다.
거울이 보여 주는 그의 얼굴에는
예전의 침착함이 담겨 있다.
우리는 얼굴보다 더 많이 늙어, 라고 생각하지만,
바로 거기에 처진 눈꼬리, 이미 희끗희끗한 수염,
움푹 꺼진 볼이 있다. 그는 모자를 찾아
방에서 나간다. 현관에서 펼쳐진 신문을 본다.
커다란 글자의 제목을 읽는다.
여러 나라 행정부의 위기에 관한 것이지만,
기껏해야 나라들의 이름만 본다.
그러고는 전날 석간신문임을 비로소 깨닫는다.
안도한다. 계속 읽을 필요가 없기에.
밖으로 나가자 아침이라서 무언가 시작한다는
일상적인 환상 속에서, 장사꾼들의 외침을 듣는다.
남자는 모퉁이와 골목길을 돌아
모습을 감추려 하지만 모두 소용없는 일이다.
그는 새로운 집들을 보며 고개를 끄덕이고,
무언가, 아마도 남풍을 맞자 기운을 차린다.
오늘날에는 코르도바라고 불리는 리베라 거리를 건넌다.
오래전부터 자신의 발길이 그곳을 피하고 있다는 것을
그는 기억하지 못한다. 두 블록, 세 블록 걸어간다.
기다란 난간을 알아본다.

쇠 난간에 매달린 고리들, 유리 조각이 가득 박힌 흙담들.
그게 전부다. 모든 게 바뀌어 있다.
보도에서 헛디뎌 넘어진다. 몇몇 아이들이 놀리는
소리를 듣는다. 하지만 개의치 않는다.
이제는 더 천천히 걷는다.
갑자기 멈춘다. 무슨 일인가 벌어져 있다.
지금 아이스크림 가게가 있는 그곳에는
피구라 식당이 있었다.
(거의 반세기 전의 이야기다.)
그곳에 험한 분위기의 낯선 사람이
길고 길었던 카드놀이에서 그를 이겼고,
그는 그 게임이 깨끗하지 않았다고 의심했지만
따지지 않고서 그에게 말했다.
여기 당신에게 판돈 모두를 주겠소,
하지만 거리로 나갑시다.
그러자 낯선 사람은 무기를 갖고 싸워도
카드로 싸우는 것보다 더 유리하지는 않을 거라고
대답했다. 별 하나 없는 밤이었다.
베나비데스[1]가 그에게 검을 빌려주었다.
치열한 결투였다. 기억 속에는 한순간, 움직이지 않는
하나의 광채, 어지러울 정도의 빠름만 남아 있다.
긴 검투 끝에 그는 드러누웠고, 그것으로 충분했다.
그리고 아마도 또다시 싸웠을지도 모른다.

---

1) 부에노스 아이레스의 유명한 검투사.

그는 몸과 검이 떨어지는 소리를 들었다.
바로 그때 처음으로 손목에서 상처를 느꼈고
피를 보았다. 바로 그때 목구멍에서 욕이 터져 나왔고,
그것은 기쁨과 분노와 놀라움과 하나가 되었다.
수많은 세월을 보낸 후 마침내 그는 남자다워지고
용감한 사람이 되는 행운을,
아니면 적어도 한때, 시간상 어제 그런
사람이 되었다는 행운을 되찾은 것이었다.

약속

프링글레스에서 이시드로 로사노 박사는 내게 이 이야기를 들려주었다. 너무나 효율적이고 경제적으로 말했기에, 이미 예측할 수 있듯이 나는 그가 여러 번 그것을 이야기했다는 것을 알았다. 아무리 작은 것이라도 덧붙이거나 바꾸는 행위는 문학적 죄악을 범하는 일일 것이다.

"그 사건은 여기서 1920년 무렵에 일어났네. 나는 학위를 받고 부에노스 아이레스에서 돌아와 있었지. 어느 날 밤 병원에서 나를 데려오라고 사람을 보냈더군. 나는 내키지 않는 기분으로 일어나서 옷을 입고 아무도 없는 황량한 광장을 가로질렀다네. 응급실에서 에우도로 리베라 박사는 위원회 악당 중의 하나인 클레멘테 가라이가 배 칼을 찔린 채 실려 왔다고 내게 말했네. 우리는 그를 검사했다네. 지금은 단련되었지만, 그 당시에는 창자가 밖으로 나온 사람을 보자 온몸이 떨렸지. 그는 눈을 감고, 힘겹게 숨을 쉬고 있었다네.

리베라 박사는 이렇게 말했네.

'이제 우리가 할 수 있는 일은 하나도 없어요, 의사 선생. 이 더러운 놈이 죽도록 그냥 놔둡시다.'

나는 새벽 2시가 지난 시간에 내가 그곳까지 오도록 돈을 냈으니, 최선을 다해 그를 구하겠다고 대답했네. 리베라는 어깨를 움츠렸지만, 나는 그의 창자를 닦아서 제자리에 놓고는 상처를 꿰맸지. 나는 한 번의 신음도 듣지 못했네.

다음 날 나는 다시 병원을 찾아갔네. 그 사람은 죽지 않았더군. 그는 나를 쳐다보았고, 내 손을 잡고서 이렇게 말했다네.

'당신에게는 고마움을, 리베라에게는 내 칼을 주겠소.'

가라이가 퇴원했을 때, 리베라는 이미 부에노스 아이레스로 떠난 후였지.

그날 이후 매년 나는 내 생일이 되면 어린 양을 받았다네. 그런데 1940년 무렵부터 선물은 오지 않았네."

인사불성

모론 동네에 사는 어느 사람이 내게 이 사건을 말해 주었다.

"왜 모리탄과 파르도 리바롤라가 그토록 앙숙이 되었는지는 아무도 제대로 알지 못해요. 둘 다 보수당원이었고, 그래서 나는 아마도 모임에서 그들의 관계가 그렇게 뒤틀어졌으리라고 생각해요. 나는 모리탄을 잘 기억하지 못해요. 그가 죽었을 때 나는 아주 어렸거든요. 사람들 말에 따르면, 그는 엔트레 리오스 출신이었어요. 파르도는 그가 죽고도 한참을 더 살았지요. 그는 동네 두목이 아니었고, 그렇게 보일 만한 것도 없었지만, 어딘지 모르게 그런 면모가 있었지요. 아니, 오히려 키가 작고 굼떴고, 옷차림도 형편없었어요. 두 사람 중 누구도 호락호락하지 않았지만, 그래도 리바롤라가 더 용의주도하다는 사실이 나중에 드러났어요. 오래전부터 그는 모리탄을 죽여 버리겠다고 맹세했지만, 아주 신중하게 그 계획을 실행에 옮기려 했어요. 이제 당신에게 그 이유를 설명해 줄게요. 누군가를 죽이면, 감옥에서 고통을 받아야 하기에, 우리는 바보 멍청이처럼 그런 계획을 진행하지요. 파르도는 자기가 할 일을 훌륭하게 계획했어요.

대략 일요일 저녁 7시였을 거예요. 광장엔 사람들이 넘쳤어요. 항상 그렇듯이 리바롤라는 검은 옷을 입고 옷깃 단춧구멍에 카네이션을 꽂고 그곳에서 천천히 걸었지요. 여자 조카와 함께 말이죠. 그런데 그 조카를 떼어 놓고 바닥에 웅크려 앉더니, 마치 수탉처럼 퍼덕거리며 꼬꼬댁 울기 시작했어요. 사람들은 놀라서 그를 피해 갔지요. 파르도처럼 존경받는 사람이 일요일에 모론 동네의 모든 사람이 쳐다보며 참는 가운데서 그런 행동을 하다니! 그는 반 블록을 가더니 길모퉁이를 돌았고, 계속 꼬꼬댁 소리를 내고 퍼덕거리면서 모리탄의 집으로 들어갔지요. 덧문을 밀고 펄쩍 뛰어서 마당으로 갔어요. 사람들이 우르르 거리로 몰려들었어요. 모리탄은 그의 호들갑스러운 표정을 보고서 집 안에서 마당으로 달려 나왔어요. 덤벼드는 그 소름 끼치는 적을 보자, 그는 싸움에서 이기고 싶었지만, 총탄 한 알이 날아왔고, 그런 다음 또 다른 총알이 파고들었지요. 리바롤라는 두 경찰의 감시를 받으며 이송되었어요. 그 사람은 꼬꼬댁 소리를 내며 몸부림쳤어요.

한 달이 지나 그는 석방되었어요. 법의학 의사는 그가 갑작스러운 광기의 희생자라고 밝혔어요. 그런데 수탉처럼 행동하던 그를 온 동네 사람이 보지 않았던가요?"

네 개의 주기

이야기는 모두 네 개다. 하나는 가장 오래된 것으로 용감한 사람들이 에워싸고 지키는 강력한 도시의 이야기이다. 방어자들은 도시가 칼과 대포에 굴복할 것이며, 전투는 아무 소용이 없다는 것을 알고 있다. 공격자 중에서 가장 유명한 인물인 아킬레스는 승리를 거두기 전에 자신이 죽을 운명임을 알고 있다. 수백 년이 흐르면서 여기에 마술적인 요소들이 덧붙여졌다. 사람들 말에 따르면, 수많은 군인이 트로이의 헬레나 때문에 목숨을 잃었지만, 그녀는 아름다운 구름, 그러니까 그림자였다. 또한 그리스군이 숨어 있던 속이 빈 커다란 목마 역시 허깨비였다고 한다. 이 이야기를 처음으로 언급한 시인은 호메로스가 아닐지도 모른다. 14세기에 누군가가 남긴 "The borgh brittened and brent to brondes and askes"[86]라는 시구가 내 기억 속을 맴돌기 때문이다. 단테 가브리엘 로세티[87]는 트로이의 운명이 파리스가 헬레나의 사랑 속에서 불타오르는 순간에 결정되었다고 상상하고, 예이츠[1]는 레다와 신이었던 백조가 한데 어울리는 순간을 선택했다.

첫 이야기와 관련된 다른 이야기는 귀환 이야기이다. 율리시스는 십 년 동안 위험한 바다를 떠돌고, 마법의 섬에서 지체하다가 마침내 고향 이타카로 돌아온다. 한편 노르드 신화에 등장하는 신들은 땅이 파괴되고 멸망하자 귀환하면서 바다에서 푸르고 환한 새 땅이 솟아나는 것을 보고, 예전에 자기들이 갖고 놀다가 잃어버렸던 체스의 말들을 풀밭에서 발견한다.

세 번째 이야기는 탐색의 이야기이다. 우리는 거기서 이전 형태의 변형을 볼 수 있다. 이아손과 황금 양모의 이야기, 그리고 산과 바다를 건너고 자신들의 신인 시무르그의 얼굴을 보는 서른 마리의 새 이야기인데, 거기서 새들은 그 신이 그들 각자이고 모두인 것을 깨닫는다. 과거에는 모든 모험이 행복했다. 누구는 금지된 황금 사과를 마침내 훔쳤고, 또 누구는 성배를 손에 넣었다. 그러나 이제 무언가를 찾는 행위는 실패할 운명이다. 에이해브 선장은 고래와 만났고, 고래는 그를 죽인다. 그리고 제임스와 카프카의 주인공들은 패배와 좌절만을 기다릴지도 모른다. 우리는 너무나 용기와 믿음이 부족하기에, 이제 '해피엔딩'은 문화 산업의 치렛말 외에는 그 무엇도 아니다. 우리는 천국을 믿을 수 없지만, 지옥은 믿을 수 있다.

---

1) 윌리엄 버틀러 예이츠(William Butler Yeats, 1865~1939). 아일랜드의 시인이자 정치가. 아일랜드 문예 부흥 운동을 주도한 당대 최고의 작가였으며, 1923년에 노벨 문학상을 받았다. 대표 시집으로 『탑』, 『나선 계단』이 있다.

마지막 이야기는 신의 희생에 관한 이야기이다. 프리기아에서 아티스[2]는 자기 손발을 자르고 스스로 목숨을 끊는다. 오딘에게 희생 제물로 바친 오딘, 즉 자기 자신을 자기에게 바친 그는 아흐레 동안 나무에 매달려 있다가 창에 찔려 상처를 입는다. 그리고 그리스도는 로마인들에 의해 십자가에 못 박힌다.

이야기는 모두 네 개다. 우리가 살아 있는 동안 우리는 계속해서 그것들을, 혹은 변형된 그것들을 이야기할 것이다.

---

[2] 프리기아의 여신 키벨레의 아들이며 애인. 키벨레는 아티스가 다른 여자와 사랑에 빠지자 그를 미쳐 자살하게 했다.

페드로 엔리케스 우레냐[1]의 꿈

1946년의 어느 날 새벽에 페드로 엔리케스 우레냐가 꾼 꿈은 이상하게도 이미지가 아니라 느릿느릿한 말로 이루어져 있었다. 말하는 목소리는 그의 것이 아니었지만, 그의 것과 흡사했다. 말하는 주제에는 애처로운 일이 일어날 수 있다는 내용이 함축되어 있었지만, 그의 말투는 비정하고 평범했다. 짧았지만 꿈꾸는 동안, 페드로는 자기가 방에서 자고 있으며, 자기 아내는 자기 옆에 있다는 것을 알고 있었다. 어둠 속에서 꿈이 그에게 말했다.

---

[1] Pedro Henríquez Ureña(1884~1946). 도미니카 공화국에서 태어난 라틴 아메리카의 대표적인 지식인이자 철학자이며 비평가. 그의 작품은 라틴 아메리카의 정신적 자립과 통합을 주로 다루고 있다. 대표작으로 『우리 표현을 찾아가는 여섯 편의 글』과 『라틴 아메리카 문학의 흐름』이 있다.

아마도 며칠 밤 전인 듯한데, 너는 코르도바 거리 모퉁이에서 보르헤스와 "아, 죽음이여, 사에타[2]로 오는 것처럼 조용히 오라."라고 쓴 어느 세비야 무명 시인[3]의 탄원을 주제로 토론했다. 당신들은 그것이 어느 라틴 작품을 신중하게 모방한 것일지도 모른다고 생각했는데 그것은 그런 옮겨 적기가 특성 시대의 습관에 해당하기 때문이었다. 의심의 여지 없이 표절을 문학적이라기보다는 상업적이라고 판단하는 우리 시대의 개념과는 완전히 다르다고 여겼던 것이다. 당신들이 의심하지 않았던 것, 즉 당신들이 생각할 수 없었던 것은 대화가 예언적이었다는 사실이다. 몇 시간 안에 너는 라플라타 대학에서 강의하기 위해 콘스티투시온 역의 마지막 플랫폼으로 급히 달려갈 것이다. 너는 기차를 탈 것이고, 가방을 선반에 올려놓고 네 창가 좌석에 앉을 것이다. 이름은 모르지만, 지금 내가 얼굴을 보고 있는 어떤 사람이 너에게 몇 마디 말을 건넬 것이다. 너는 그에게 대답하지 않을 텐데, 그건 네가 죽어 있을 것이기 때문이다. 너는 이미 평소처럼 네 아내와 딸들과 작별 인사를 했을 것이다. 너는 이 꿈을 기억하지 못할 것인데, 그것은 이 사건이 이루어지려면 네가 잊어버려야 하기 때문이다.

---

2) 주로 스페인의 안달루시아 지방에서 성주간의 행렬 동안 부르는 플라멩코 양식의 짧은 성가.

3) 안드레스 페르난데스 데 안드라다(Andrés Fernández de Andrada, 1575~1648). 스페인의 시인이자 군인으로 세비야에서 태어나 멕시코에서 죽었다. 대표작으로 『파비오에게 보내는 도덕 서한』이 있다.

궁전

궁전은 무한하지 않다.

벽들, 성벽들, 정원들, 미로들, 계단들, 테라스들, 흉벽들, 문들, 복도들, 원형 혹은 사각형 모양의 마당들, 회랑들, 교차점들, 물탱크들, 곁방들, 안방들, 골방들, 서재들, 다락방들, 지하 감옥들, 밀폐된 감방들과 지하 무덤들, 이것들은 갠지스강의 모래알보다 적지 않지만, 그 수는 유한하다. 옥상에서 석양을 바라보며 대장간들, 목공소들, 마구간들, 소형 선박 조선소들과 노예 막사들을 바라보는 사람들이 없지 않다.

궁전의 극히 한정된 부분 이상을 돌아다니도록 허락받은 사람은 없다. 어떤 사람은 오로지 지하실만 안다. 우리는 몇몇 얼굴들과 몇몇 목소리, 그리고 몇몇 말들을 감지할 수 있지만, 우리가 감지하는 것은 극히 미약하다. 미약하면서 동시에 매우 소중하다. 비석에 끌로 새기고 교구의 등록부에 기록된 날짜는 우리가 죽은 이후다. 그리고 이미 우리가 죽어 있기에 아무것도, 말이나 열망이나 기억도 우리를 건드리지 못한다. 나는 내가 죽어 있지 않다는 사실을 알고 있다.

헹기스트는 사람들을 원한다 (기원후 449년)

헹기스트는 사람들을 원한다.
그들은 넓은 바다로 사라지는 모래사막 경계에서, 연기로 가득한 오두막집에서, 불모지에서, 늑대가 득실거리는 깊은 숲에서 달려올 텐데, 잘 알 수 없는 그 숲의 중심에는 악이 있다.
농부들은 쟁기를 놓고 어부들은 그물을 버릴 것이다.
그들의 아내와 그들의 아이들을 두고 올 것이다. 남자는 밤에 어디에 있건 아내를 만나 아이를 낳을 수 있다는 것을 알기 때문이다.
용병 헹기스트는 사람들을 원한다.
그가 사람들을 원하는 이유는 아직 잉글랜드라고 불리지 않는 섬을 정복하기 위해서다.
그들은 순순히, 그리고 잔인하게 그를 따를 것이다.
그들은 그가 사람들 간의 전쟁에서 그 누구보다 뛰어나다는 것을 알고 있다.

그들은 한때 그가 복수의 의무를 잊었고, 그러자 그들이 칼집에서 뽑은 칼을 그에게 주었고, 그 칼이 그 일을 했다는 것을 알고 있다.

그들은 나침반도 없이, 돛대도 없이, 노를 저어 바다를 건널 것이다.

칼과 방패, 멧돼지 머리 모양의 투구, 밀밭이 풍요롭게 해 주는 주문(呪文), 애매한 우주론, 훈족과 고트족의 우화들을 가져올 것이다.

땅을 정복하지만 로마가 버린 도시로는 절대 들어가지 않을 것인데, 도시는 그들의 야만적인 정신이 이해하기에는 너무나 복잡하기 때문이다.

헹기스트는 승리를 위해, 약탈을 위해, 육체의 부패를 위해, 그리고 망각을 위해 그들을 원한다.

헹기스트는 사람들을 원한다. 그리하여 가장 커다란 제국을 세우게 하고, 셰익스피어와 휘트먼을 노래하게 하며, 넬슨[1]의 함대가 바다를 지배하게 하고, 아담과 이브가 잃어버린 낙원에서 손잡고 조용히 쫓겨나게 한다.(그러나 그는 이것을 알지 못한다.)

헹기스트는 그들을 원해, 내가 이 글을 쓰게 한다.(그러나 그는 이것을 알지 못한다.)

---

1) 허레이쇼 넬슨(Horatio Nelson, 1758~1805). 나폴레옹 전쟁 당시 영국의 해군 제독. 트라팔가르 해전에서 영국을 구하고 전사했다.

적(敵) 이야기

　수많은 세월을 도망치고 기다리다가 이제 적은 우리 집 앞에 섰다. 창가에서 나는 그가 험준한 고갯길로 힘들게 올라오는 것을 보았다. 지팡이의 도움을 받고 있었다. 그의 늙은 손에 있는 굼뜬 막대기는 무기가 아니라 기껏해야 지팡이일 수밖에 없었다. 나는 내가 기다리던 것을 힘겹게 감지했다. 그것은 문 두드리는 희미한 소리였다. 향수가 배어 있지 않다고는 할 수 없는 눈으로 나는 내 원고와 아직 끝맺지 못한 초고, 그리고 꿈에 관해 쓴 아르테미도로스[1]의 책을 쳐다보았다. 그곳에 그 책이 있는 것은 너무 이상하고 이례적인 일이었다. 내가 그리스어를 모르기 때문이다. 또 하루를 잃어버렸어, 라고 나는 생각했다. 나는 열쇠로 용을 써

---

[1] 서기 2세기에 살았던 예언자로 '에페시우스'라고도 한다. 그리스어로 쓴 5권짜리 책 『해몽(Oneirocritica)』으로 유명하다.

야만 했다. 쓰러질까 조마조마했지만, 그는 비틀거리면서 몇 발짝 내디뎠고, 지팡이를 손에서 놓았지만, 나는 다시 그를 보지 않았다. 그는 마침내 피로에 지쳐 내 침대에 쓰러졌다. 나는 가슴 졸인 나머지 수없이 그를 상상했지만, 그제야 비로소 그가 링컨의 마지막 사진과 형제처럼 흡사하다는 것을 눈치챘다. 그때가 아마도 오후 4시였던 것 같다.

나는 그가 내 말을 들을 수 있도록 그의 몸 위로 고개를 숙였다.
"우리는 자기에게만 세월이 흘러간다고 믿네." 나는 말을 계속했다. "하지만 역시 다른 사람에게도 흘러간다네. 여기서 우리는 마침내 만났고, 이제 이전에 있었던 일은 의미가 없지."

내가 말하는 동안, 그는 외투 단추를 풀었다. 오른손은 재킷 주머니에 있었다. 그는 내게 무언가를 가리켰고, 나는 그것이 권총임을 알았다.

그러자 그는 단호한 목소리로 내게 말했다.
"당신 집에 들어오려고 나는 동정심에 호소했지요. 이제 나는 당신을 내 마음대로 할 수 있고, 나는 자비롭지 않아요."

나는 몇 마디 말을 하려고 했다. 나는 강한 사람이 아니라서, 내 목숨을 구할 수 있는 것은 말뿐이었다. 나는 간신히 말했다.
"내가 오래전에 한 아이를 마구 대한 건 사실이지만, 당신은 이제 그 아이가 아니고, 나는 그 몰상식한 사람이 아니네. 또 복수는 용서 못지않게 허세적이고 어리석은 짓이지."

"바로 내가 그 아이가 아니기 때문에 그렇지요." 그가 내게 대답했다. "그래서 당신을 죽여야 해요. 이건 복수가 아니라 정의로운 행위지요. 보르헤스, 당신의 주장은 내가 당신을 죽이지 못하도록 순전히 공포에 질려 꾸며낸 계략에 불과해요. 이제 당신이

할 수 있는 건 하나도 없어요."
 "한 가지는 할 수 있네."
 나는 그에게 대답했다.
 "그게 뭐죠?"
 그가 내게 물었다.
 "잠에서 깨는 것."
 그리고 나는 그렇게 했다.

아이슬란드에게

내 살과 그 그림자가 물리도록 다녔던
아름다운 땅의 모든 지역에서
너는 가장 멀고 가장 은밀한 곳,
아이슬란드, 너는 울티마 툴레,[1]
너는 배와 완고한 쟁기, 끊임없는 노,
뱃사람들이 펼쳐 놓은 그물,
여명의 어렴풋한 하늘이 흘려보내는
움직이지 않는 오후의 기묘한 빛,
그리고 바이킹의 잃어버린 돛을 찾는
바람의 땅, 성스러운 땅.

---

1) 유럽의 고대 문학과 지도에 등장하는 말로, 북쪽의 맨 끝에 있는 지역을 가리킨다. 종종 아이슬란드와 그린란드를 지칭한다.

너는 게르마니아의 기억이었고,
무기와 늑대의 밀림에서,
신들이 두려워하고,
죽은 자들의 손톱으로 세공한 배에서
그곳의 신화를 구해 냈노라.
아이슬란드, 내 아버지가 어느 아이에게
『볼숭가 사가』[2]를 주었던 그날 아침부터
나는 너를 오랫동안 꿈꾸었다.
나였으며 죽지 않은 그 아이는
이제 더디게 사전을 뒤적거리며
내 어둠을 해독한다.
육체가 그것을 소유한 사람에게 지칠 때,
불길이 쇠해져 이제 재로 남을 때,
무한한 모험에서 체념과 순종을 배우는 것은
환영받을 일. 그래서 나는 네 언어, 노르드의
라틴어를 배우기로 선택했다. 그 언어는
북반구의 스텝 지대와 바다도 품었고
비잔티움과 아메리카의 처녀지 기슭에서도
울려 퍼졌다.
나는 그 언어를 배우지 못할 테지만,
지식으로 다다를 수 없는 과실이 아닌,

---

2) 볼숭 일족의 사가로 13세기 후반에 아이슬란드에서 쓰였으며, 아이슬란드 개척 이전을 배경으로 한다. 볼숭 일족의 시작과 몰락을 다루며, 시구르드와 브륀힐드의 이야기 등이 서술되고 있다.

탐색으로 얻을 수 있는 선물이 나를
기다리고 있다는 것을 알고 있다.
행성이나 수열…… 이런 것을 탐구하는
이들은 똑같이 느낄 것이다.
오로지 사랑을, 무지한 사랑을, 아이슬란드를.

거울에게

끊임없는 거울이여, 왜 너는 줄곧 나만 바라보지?
불가사의한 형제여, 왜 너는
내 손의 작은 움직임도 되풀이하지?
왜 어둠 속에서 왜 갑작스럽게 내 모습을 비추지?
너는 그리스 사람이 말하는 또 다른 나.
너는 항상 숨어서 나를 몰래 살핀다.
움직이는 물, 혹은 오래 지속하는 유리의 반질반질한
표면에서 네가 나를 찾기에, 눈먼 것도 아무 소용 없다.
너를 보지 못하고, 너를 기억하지도 못하기에,
네게는 공포가 덧붙여지고, 그 마술적인 것 덕택에
너는 우리이며 우리 운명을 짊어지는 것들의
숫자를 배로 증가시킨다.
내가 죽으면, 너는 다른 사람을 복사할 것이고,

그러고서 또 다른 사람을, 그다음에는 또 다른 사람을,
그 이후에는 또 다른 사람을…….

고양이에게

거울은 이제 침묵에 휩싸여 있지 않고,
모험적인 여명은 더는 은밀하지 않다.
너는 달빛 아래서 우리가 멀리서
훔쳐볼 수만 있는 그 표범.
하느님 칙령의 이해할 수 없는 행위로
우리는 너를 헛되이 찾는다.
갠지스강과 해넘이보다 더 멀리 있는
고독은 너의 것, 비밀은 너의 것.
너의 등은 내 손의 주저하는 애무를
받아들인다. 너는 이제 망각이 된
그 영원에서 머뭇거리는 손의 사랑에 동의했다.
너는 다른 시대에 있다. 너는 꿈처럼
닫힌 세상의 주인이다.

이스트 랜싱

낮과 밤은
기억과 두려움으로 짜여 있고,
그 두려움은 일종의 희망이며,
그 기억은 우리가 집요한 망각에 붙여 주는 이름.
내 시간은 항상 석양과 여명을 바라보는
두 얼굴의 야누스였다.
아, 가까운 미래여, 오늘의 목표는 당신을 축하하는 것.
성경과 도끼의 지역들,
내가 쳐다보지만 바라보지 않을 나무들,
내가 모르는 새들과 바람, 꿈속으로, 그리고 아마도 조국 속으로
점차 가라앉을 흐뭇하고 즐거운 추운 밤들,
전등 스위치, 시간이 흐르면서 습관이 될 회전문,
"오늘은 오늘"이라고 중얼거리게 될 눈뜸의 시간들,

내 손이 알게 될 책들,
내 목소리가 될 친구들,
석양의 노란 모래들, 내게 남은 유일한 색깔,
나는 이런 모든 것을 노래하고, 동시에
내가 행복하지 않았고, 행복해질 수 없는
부에노스 아이레스의 여러 장소에 대한 참을 수 없는
기억을 노래한다.

나는 해 질 무렵에 너의 석양을 노래한다, 이스트 랜싱이여,
나는 내가 구술하는 단어들이 아마도 정확할 테지만,
미묘하게 부정확할 것임을 안다.
그것은 현실이 알기 어렵고
언어는 엄격한 기호의 질서이기 때문이다.
미시건, 인디애나, 위스콘신, 아이오와, 텍사스, 캘리포니아, 애리조나,
이제 나는 그 이름들을 노래하리라.

코요테에게

여러 세기 동안 수많은 사막의
무한히 많은 모래는 너의 수많은 발자국과
회색 자칼 혹은 탐욕스러운 하이에나 같은
너의 울음소리를 참고 견뎠다.
여러 세기라고? 그건 거짓말. 늑대여, 그 은밀한
실체인 시간은 너와 상대가 되지 않는다.
너의 시간은 순수한 존재, 너의 시간은 환희,
우리의 실체는 연면한 우둔한 삶.
애리조나의 모래사막 경계에서
너는 거의 상상의 울부짖음이었다.
그 사막에서 모든 것은 경계이고, 그곳에서
너의 잃어버린 외로운 울부짖음은 분노한다.
나의 밤이었던 어느 밤의 상징,

이 애가(哀歌)는 너의 희미한 거울이리라.

내일

이미 내가 일흔 살이 되고
내 눈이 봉인된 지금,
존경받는 노년과
멋지고 소중한 거울들의 회랑에서
똑같은 나날들과
의전(儀典)과 고정된 틀과 강의에서
먼지 덮인 문서로 남을
끝없는 종잇조각의 서명에서
기억의 거짓 모습인 책에서
나를 구원하시고,
아마도 아르헨티나 사람이 운명적으로 지닌
근본적인 모습일 씩씩한 유배 생활로 나를 떠돌게 하시고
우연과 젊은 시절의 모험이라는,

새뮤얼 존슨이 말한 바에 따르면
위험의 존엄을 알게 하신 사람의 자비여, 찬미받으소서.
1874년에 세상을 떠난 그 프란시스코 보르헤스처럼
살지 못했기에 나는 부끄러워했다.
아, 우리 아버지, 그는 자기 제자들에게
심리학을 사랑하라고 가르쳤지만, 그것을 믿지는 않았기에,
나는 내게 명성을 가져다준 작품을 잊을 것이고,
오스틴, 에든버러, 스페인 사람이 될 것이며,
내 서쪽에서 오로라를 찾을 것이다.
조국, 그대는 매일매일의 파편 속에서가 아니라,
편재하는 나의 기억 속에서 나의 것이 되리라.

호랑이들의 황금

누런 석양이 지는 시간까지
나는 벵골의 늠름하고 힘센 호랑이가
쇠창살 뒤로, 그것이 자기 감방이라고
의심하지 않고, 미리 정해진 길로
이리저리 오가는 모습을 수없이 보았을 것이다.
그러고는 다른 호랑이들이 나타났을 것이다.
그것은 블레이크의 불타는 호랑이.
그러고는 다른 황금들이 모습을 드러냈을 것이다.
그것은 변신한 제우스였던 사랑스러운 금속,
아흐레 밤마다 반지 아홉 개를 낳는 반지,[1]

---

1) (원주) "아흐레 밤마다 반지 아홉 개를 낳는 반지"가 궁금하다면 『스노리 에다』(『신(新)에다』 또는 『산문 에다』라고도 불리며, 1220년경에 아이슬

그리고 이 반지들은 다시 아홉 개를 낳고,
이렇게 끝없이 계속된다.
세월이 흐르면서 다른 아름다운 색깔이
내게 남았고, 이제는 오로지 희미한 빛과
뒤엉킨 어둠과 태초의 황금만 남아 있다.
아, 석양이여, 아, 호랑이여,
아, 신화와 서사시의 놀라운 광채여,
아, 가장 소중하고 아름다운 황금이여,
이 손이 갈구하는 당신의 머리카락이여.

이스트 랜싱, 1972

란드의 시인 스노리 스투를루손이 쓴 시 교본이다.)의 49장을 살펴보기 바란다. 반지의 이름은 드라우프니르이다.

2부

칼잡이들의 이야기

서문

　　키플링의 마지막 작품들은 카프카나 조이스의 작품들만큼이나 미로적이고 고뇌로 가득 차 있다. 물론 카프카나 조이스의 작품들이 그의 작품들보다 월등한 것만은 확실하다. 어찌됐든 그는 1885년부터 1890년에 한 권의 책으로 묶게 되는, 직접 들려주는 방식의 짧은 이야기들을 쓰기 시작했다. 그 중 적지 않은 수의 작품들은 ─ 예를 들어 「수두의 집」, 「울타리 너머」, 「천 개 슬픔의 문」 같은 ─ 간결무쌍한 걸작이라 일컬을 수 있다. 언젠가 나는 순진무구한 소년이 머릿속에 그리고, 이어 실제로 행동에 옮긴 어떤 것을 이제 노년에 들어가는 한 어른이 천박스러움 없이 거꾸로 모방하게 되는 수도 있지 않겠는가 하고 생각한 적이 있다. 읽게 되면 독자들도 깨닫게 되겠지만 그러한 생각의 결실이 바로 이 작품집이다.

　　성공의 여부는 미지수이겠지만 나는 이 책에서 직접 들려주는 방식의 이야기들을 써 보려고 노력했다. 나는 감히 이 이야기들이 간결무쌍한 것들이라고 말하지는 않겠다. 세상에 단 한 페이지, 단 한 단어로 된 이야기란 없다. 왜냐하면 실제로 있다 할지라도 모든 것은 자신 안에 우주를 담고 있고, 우주의 특징적인 본질이야말로 바로 복합성에 있기 때문이다. 나는 단지 내가 전에는 사람들이 우화 작가, 또는 비유적 설법가, 지금은 교훈주의적 작가라 불리는 그런 작가가 아니었으며 현재도 아니다라는 사실만은 밝히고 싶다. 나는 이솝이 되기를 바라지 않는다. 나는 내 이야기들이 설복시키고자 하기보다는 마치 『천하루 밤의 이야기』처럼 즐거움이나 감동을 주기를 바란다. 물론 그런 목적을 가지고 있다 해서 솔로몬적인 관념을 좇아 내가 상아탑에 갇히겠다는 뜻은 아니다. 정치 문제에 관한 나의 입장은 세상에 거의 알려진 바가 없다. 나는 보수당에 입당했었다. 그것은 내가 가진 일종의 회의주의적 관념의 표현이었다. 아무도 나를 공산주의자라거나, 민족주의자라거나, 반유태주의자라거나, '검은 개미단'의 지지자, 또는 '로사스'의 지지자라고 평하지 않았다. 나는 세월이 흐르면 우리에게 정부가 없어도 살아갈 수 있는 시대가 오리라고 생각한다. 나는 나의 생각을 감춘 적이 없다. 심지어 가장 어려웠던 시대에도. 그러나 나는 그것들이 내 문학 작품에 이입되는 것은 허용치 않았다. 급박하게 '7일 전쟁'에 대한 찬사를 할 수밖에 없었던 때를 제외하고. 문학 작업이란 신비한 것이다. 왜냐하면 우리가 내세우는 의견이란 허망한 것이고, 나는 '뮤즈'에 대해 에드거 앨런 포가 아닌 플라톤적인 개념을 선호하기 때문이다. 포의 주장, 또는 그가 그런 척했던 바에 따르면 시작(詩作)이란 지성의 작동을 뜻한다. 고대인들은 낭만주의적 개념을 가지고 있었고, 반대로 낭

서문 131

만주의 시인들은 고전주의적 개념을 가지고 있었다는 것에 나는 경탄을 금하지 못하곤 한다.

  이 책의 제목을 따왔으며 명백히 레무엘 걸리버가 했던 마지막 여행에서 유래한 작품을 제외하고 나머지 작품들은 요즘 유행하는 어법을 이용해 말하자면 소위 리얼리즘적이다. 내 생각에 그것들은 다른 어떤 사조만큼이나 췌사적이 되어 있고, 우리가 아직도 그것에 넌더리를 내고 있지 않다면 곧 그렇게 될 리얼리즘 사조의 온갖 양식들을 뒤쫓고 있다. 이 책의 이야기들 속에는 필수 불가결한 환경의 창조가 가득 들어 있다. 그것들의 뛰어난 예가 바로 10세기로까지 거슬러 올라가는 말돈의 앵글로색슨 민요들과 아이슬란드 후기 사가(saga, 서사시)들이다. 두 작품 — 무엇인지 밝히지 않겠다 — 은 똑같이 환상적 결말을 가지고 있다. 명민한 독자는 그 두 작품 사이의 유사성을 금세 발견하게 될 것이다. 몇몇 이야기의 줄거리는 오랜 시간 동안 나를 붙들고 늘어졌다. 그러고 보면 나는 확실히 단조로운 인간이라 할 수 있겠다.

  공관복음 중 가장 뛰어난 〈마가복음〉이라는 제목의 이야기가 가진 개략적인 줄거리는 우고 라미레스 모로니의 꿈에서 영감을 받았다고 할 수 있다. 나의 상상력이나 합리적인 판단이 그럴 듯하다고 여겨 가한 수정 때문에 마르코 복음이 훼손되지나 않았나 걱정스럽다. 그러나 어찌됐든 문학이란 하나의 인공적인 꿈이 아닌가.

  나는 이제까지 바로크적 문체에서 흔히 발견되는 비약의 양식을 거부해 왔다. 또한 바로크적 문체가 즐겨 채택하는 의외의 결말에 따른 비약의 양식에 대해서도 마찬가지였다. 간략히 말해 나는 앞으로 다가올 것, 또는 놀라움을 자아내게 될 것에 대한 예비 단계를 제시하는 스타일을 선호했다. 여러 해 동안 나는 내가 다양하고 새로운 것들의 섭렵을 통해 좋은 문학에 도달하지 않았나 생각해 왔다. 이제 칠십에 이르러 나는 드디어 내 목소리를 찾지 않았나 하는 생각이 든다. 문체를 달리 바꿨다 해서 내가 말하고자 하는 바가 손상되거나 반대로 고양되는 것은 아니리라. 단지 무거운 문장을 가볍게 만들어 주거나 강조점을 완화시켜 주는 경우를 제외하고는 말이다. 각 언어는 하나의 전통이고, 각 단어는 하나의 공유된 상징이다. 따라서 어떤 혁신자가 무엇인가를 바꿀 수 있다고 믿는 것은 헛된 생각이다. 우리 뛰어나기는 하지만 적지 않은 경우 읽을 수가 없는 말라르메 또는 조이스 같은 이의 작품을 상기해 보도록 하자. 이런 지당하기 그지없는 주장이 혹 지친 데서 오는 결과일는지도 모른다는 것은 사실이다. 나이가 한참 든 뒤에서야 비로소 나는 내가 보르헤스이기를 포기하게 되었지 않았는가.

나는 우연하게도 폴 그루삭[1]의 멜랑콜리한 견해에 따르면 전에 나온 사전들로 하여금 회한을 느끼도록 만든 스페인 왕립학술원 사전과 아르헨티나적인 어법으로 가득 찬 골치 아픈 사전 하나를 함께 가지고 있다. 이쪽의 사전이든, 바다 건너 스페인의 사전이든 모두가 차이점을 강조하고, 스페인어를 분열시키고자 하는 경향이 있다. 나는 이러한 경향과 관련하여 부에노스 아이레스 시의 방언을 모른다고 로베르트 아를트[2]에게 가해진 힐난과 그의 대꾸가 기억난다. '나는 룰로 마을의 가난하고 엉망진창인 사람들 틈

---

1) Paul Groussac(1848-1929): 아르헨티나의 작가.
2) Robert Arlt(1900-1949): 아르헨티나의 작가.

에서 자랐기 때문에 사실 나는 그런 것들에 대해 배울 기회가 없었다.' 실제로 부에노스 아이레스의 방언은 사이네테(일종의 희극) 작가들과 탱고의 작곡가들이 만들어 낸 문학적 풍자어들이다. 따라서 축음기가 일반화되기 전까지는 시골사람들이 그것에 무지할 수밖에 없었던 것은 당연한 일이었다.

  이 작품집에 나오는 이야기들은 시간적으로나 공간적으로나 현재로부터 약간 떨어진 곳에 위치한다. 이처럼 상상력은 보다 자유롭게 작동할 수가 있다. 1970년대에 누가 팔레르모 또는 로마스의 교외에서 전세기 말에 일어났던 일을 정확하게 기억할 것인가? 겉으로는 믿을 수가 없게도 경찰의 행세를 하며 사소한 일화들까지 밝혀내려 했던 세심한 사람들이 있었다. 예를 들어, 그들은 마르틴 피에로[3]가 '뼈 마대'가 아닌 '뼈 자루'라고 말했을 것이라 지적하고, 그리고 부당한 것일 게지만 우리의 문학에서 널리 알려져 있는 어떤 말이 회색 얼룩 무늬를 가지고 있다고 말한 것은 오류라고 비판한다.

  독자여, 신께서 당신들을 이 긴 서문으로부터 해방시켜 주기를. 이 말은 결국에 가서는 빠지게 되는 격이 되었지만 연대적 혼란에 빠지지 않기 위해 주의를 기울였던, 버나드 쇼의 서문들을 결코 읽어본 적이 없는 케베도로부터 빌려온 것이다.

호르헤 루이스 보르헤스
부에노스 아이레스, 1970년 4월 19일

---

3) 호세 에르난데스의 서사시 『마르틴 피에로』에 나오는 주인공 가우초(목동)의 이름.

끼어든 여자

「사무엘하」 1장 26절[1]

　(믿기 힘들지만) 이 이야기는 넬슨 씨 댁의 막내아들인 에두아르도가 1890년대 모론구(區)에서 천수를 누리고 죽은 첫째 아들 크리스티앙을 문상하러 갔던 날 밤 나에게 들려준 것이다. 확실한 것은 어떤 사람이 어떤 사람에게서 계속 마테 차를 마시면서 그 긴 잃어버린 밤을 지새우며 그 이야기를 들었다는 사실이다. 그가 그 이야기를 산티아고 다보베에게 들려주었고, 나는 그 사건을 그로부터 들어 알게 되었다. 몇 년 후 나는 그 사건이 일어난 투르데라에서 다시 사람들로부터 그 사건에 관해 듣게 되었다. 약간 극적인 요소가 줄어든, 두 번째 들었던 그 이야기는 상황에 들어

---

1) 보르헤스는 원작에서 「열왕기하」 1장 26절로 적고 있으나 「열왕기하」 1장 26절이 없고 작품의 내용으로 보아 「사무엘하」 1장 26절을 가리키는 것으로 파악된다.

맞게 약간의 변형이 가해지고 다양해졌을 뿐 대체적으로 산티아고가 들려주었던 것과 일치했다. 내가 오판하지 않았다면 그것은 옛 도시 근교의 사람들이 가진 성격의 간명하고 비극적인 핵심을 잘 드러내 보여 주기 때문에 그것을 글로 옮겨 보고자 한다. 나는 그것을 들은 바대로 적고자 한다. 하지만 나는 이미 몇몇 사소한 것들을 강조하거나 첨가시켜야 하는 문학적 전통에 따르게 되리라는 것을 예견하고 있다.

투르데라에서 그들 가족은 넬슨이 아닌 닐센이라 불렸다. 그 마을의 주임 신부는 내게 자신의 전임자가 눈이 휘둥그래진 채 그 집에서 고풍의 검은 표지를 가진 오래된 성경책을 본 사실을 떠올리곤 했다고 말했다. 전임 신부는 그 성경의 마지막 페이지에서 직접 손으로 쓴 이름들과 날짜조차 언뜻 보았던 모양이었다. 그것은 그 집에 있던 유일한 책이었다. 마치 모든 것이 사라지듯 사라져 버린 닐센가의 정처 잃은 가계 기록사. 이미 존재하지 않는 그들의 집은 독채로 된 벽돌집이었다. 현관에서는 색색의 포석이 깔린 마당과, 그냥 맨땅의 또 다른 마당이 들여다보였다. 그럼에도 불구하고 그곳에 들어갔던 사람은 거의 없었다. 왜냐하면 닐센 씨 가족은 철저하게 고독을 지켰기 때문이었다. 그들 가족은 그 황량한 방들의 소형 접침상에서 잠을 잤다. 그들이 가진 유일한 사치품은 말, 농기구, 날이 짧은 단도, 화사한 나들이옷, 그리고 독주(毒酒)뿐이었다. 나는 그들이 키가 크고 불그레한 긴 머리를 가졌다는 것을 안다. 그들에게는 그들이 말하는 것을 한 번도 들어 본 적이 없는 덴마크나 아일랜드 정착민의 피가 흐르고 있었다. 그 마을 사람들은 '콜로라도' 당원[2]들을 두려워했다. 왜냐하면 그들 중 한 사람이 마을 사람 하나를 죽였다는 게 공공연한 사실이었기 때문이다. 그들은 한 차례 경찰들과 격투를 벌인 적도 있었다. 그 집의 막내아들이 후안 이베라와 언쟁을 벌였는데 비록 극한의 지경까지는 가지 않았지만 사람들이 이해한 바에 따르면 아주 심각했기 때문이다. 닐센가의 남자들은 소몰이꾼들이었고, 짐승 도둑들이었고, 말 도둑들이었고, 이따금 노름꾼들이기도 했다. 그들은 술에 취하거나 놀이에 빠져 마음이 관대해진 경우를 제외하고는 구두쇠들로 정평이 나 있었다. 사람들은 그들의 일가친척이 누구인지, 그리고 그들이 어디 출신인지조차 알지 못했다. 그들은 한 쌍의 소와 소달구지의 주인이었다.

그들은 브라바 해안으로 하여금 악명을 떨치도록 만든 같은 패거리들과는 생김새가 달랐다. 그것과 우리가 알지 못하는 어떤 것이 그들 형제 사이의 끈끈한 연대를 이해하는 데 일조를 했다. 어떤 사람에 대해 욕을 하는 것은 두 사람을 자신의 적으로 만드는 것과도 같다.

닐센가의 남자들은 바람둥이들이었다. 그러나 그들의 염문은 주로 어두운 골목이나 사창가에서 이루어졌다. 따라서 크리스티앙이 훌리아나 부르고스와 동거를 시작하자 사람들의 입방아는 끊일 길이 없어졌다. 물론 그가 그런 식으로 하녀 하나를 구한 것이라 치부할 수도 있다. 그렇지만 그가 그녀를 싸구려 장신구들로 듬뿍 치장시켜 파티에 동반하곤 했던 것 또한 사실이었다. 빈민들의 공동 주택에서 벌어지는 초라한 파티들. 그러한 파티에서는 은

---

2) 콜로라도 당이란 블랑코 당과 함께 우루과이의 전통적인 양당 중 하나이다. 스페인 이민자들로부터 이탈리아나 중부 유럽 이민자들의 권익을 보호하기 위해 만들어진 당이다.

밀한 춤 동작이 엄격하게 금지되었고, 사람들이 춤을 추는 곳에서는 불들이 훤히 그들을 비쳐 주었다. 훌리아나는 거무스레한 얼굴에 큰 눈을 가지고 있었고, 사람들이 그녀로 하여금 미소를 짓도록 하기 위해서는 그저 그녀를 쳐다보기만 해도 될 정도였다. 일과 몸단장에 대한 무신경이 여자들을 좀먹는 가난한 마을에서 그녀는 밉상이라고만 할 수가 없었다.

에두아르도는 처음에 그들과 함께 다니곤 했다. 그런 다음 그는 무엇 때문인지는 몰라도 아레시페스로 여행을 떠났다. 집으로 돌아온 그에게는 길거리에서 만난 처녀가 하나 딸려 있었다. 그러나 그는 며칠 후 그녀를 다시 내쫓아 버렸다. 그는 점점 무뚝뚝하게 변해 갔다. 그는 혼자 구멍가게에서 술을 마셨고, 그 누구와도 얘기를 나누지 않았다. 그는 크리스티앙의 여자한테 빠져 있었던 것이다. 아마 에두아르도 자신보다 그 사실을 먼저 알아차렸을 마을 사람들은 음흉한 미소와 함께 두 형제의 싸움을 기대했다.

어느 날 밤 늦은 시각, 밖에서 돌아오던 에두아르도는 크리스티앙의 검은 말이 울타리 기둥에 묶여 있는 것을 보았다. 마당에서는 형이 가장 좋은 옷으로 차려입고 그를 기다리고 있었다. 형의 여자는 왔다 갔다 하면서 형의 마테 차 시중을 들고 있었다. 크리스티앙이 동생 에두아르도에게 말했다.

"나는 파리아스에서 열리는 장에 간다. 거기서 훌리아나를 발견했지. 만일 네가 원한다면 그녀를 마음대로 해도 좋다."

그의 목소리는 명령과 진심이 뒤섞여 있었다. 에두아르도는 한참 동안 형을 바라보며 서 있었다. 어떻게 해야 할지 알 수 없었기 때문이었다. 크리스티앙이 몸을 일으켜 세운 뒤 에두아르도에게 작별 인사를 했다. 그러나 훌리아나에게는 그렇게 하지 않았다. 왜냐하면 그녀는 물건이기 때문이었다. 그런 다음 말에 올라타 서두르지 않고 천천히 멀어져 가기 시작했다.

그날 밤부터 그들은 그녀를 공유하게 되었다. 아무도 마을의 품위를 더럽힌 이 추악한 결탁에 따른 자질구레한 사항에 대해서는 알지 못할 것이었다. 둘 사이의 타협은 몇 주 동안 별 탈 없이 지나갔다. 그러나 그것이 오래 지속될 수는 없었다. 그들은 얘기를 나눌 때 훌리아나의 이름을 입에 올리지 않았고, 심지어 그녀를 부를 때도 그 이름을 언급하지 않았다. 그러나 그들은 서로의 협정을 깨뜨리기 위한 이유를 찾고, 그리고 그것을 발견하곤 했다. 그들은 짐승 가죽을 파는 일을 두고 논쟁을 벌이곤 했는데 그들이 논쟁을 벌인 것은 그것이 아닌 다른 이유 때문이었다. 크리스티앙은 주로 고함을 지르는 축이었고, 에두아르도는 입을 다물고 있는 축이었다. 그것도 의식하지 못한 채 둘은 서로에게 끝없이 경계심을 놓지 않았다. 보수적이기 그지없는 도시 근교의 마을에서 여자가 욕망이나 소유의 대상 이상의 의미를 가질 수 있다고 말하는 사람을 보기란 불가능하다. 그럼에도 불구하고 둘은 사랑에 빠져 있었다. 이것이 일견 그들로 하여금 수치감을 느끼도록 만들고 있었다.

어느 날 오후, 에두아르도가 후안 이베라와 함께 로마스 광장을 지나고 있었다. 후안 이베라가 에두아르도에게 그가 얻은 그 선물에 대해 찬사의 언사를 내비쳤다. 그것은 에두아르도의 마음에 당연히 상처를 주었으리라. 아무도 그의 면전에서 크리스티앙을 비웃어서는 안 되기 때문이었다.

훌리아나는 마치 짐승처럼 순종적으로 두 형제를 모셨다. 그럼에도 불구하고 그녀로서도 자신을 공유하는 것에 반대하지도 않앉지만 그렇다고 그렇게 하자고 제안하지도 않았던 동생에게 더 끌리고 있다는 사실을 숨길 수는 없었다.

어느 날, 두 형제는 단둘이 얘기를 나누기 위한 빌미로 홀리아나에게 앞마당에 가서 의자 두 개를 가져오라고 시켰다. 그녀는 두 사람이 긴 얘기를 나누려는가 보다 싶어 낮잠을 자려고 침상에 드러누웠다. 그러나 둘은 곧 그녀를 불러들였다. 그들은 그녀에게 구슬 묵주와 그들의 어머니가 그녀에게 준 작은 십자가를 포함하여 가지고 있는 모든 물건들을 가방에 담으라고 시켰다. 그들은 그녀에게 아무런 설명도 하지 않은 채 그녀를 데리고 길로 나와 묵묵하고 지루한 여정에 나섰다. 비가 내린 뒤였다. 길은 질퍽했고, 그들이 모론에 도착했을 때는 새벽 5시였다. 거기서 그들은 그녀를 사창가의 포주에게 넘겼다. 거래는 이미 끝나 있던 뒤였다. 크리스티앙이 돈을 받았고, 그것을 동생과 반으로 나누었다.

투르데라에 돌아온 두 형제는 그때까지 빠져 있던 그 기괴한 사랑의 거미줄(또한 그들의 일과이기도 했던)에서 벗어나 남자들만의 세계인 그런 옛 삶으로 되돌아가고자 했다. 그들은 도박, 투계, 술잔치의 삶으로 되돌아갔다. 아마 한동안 그들은 자신들이 구원을 받았다고 생각했을지도 모른다. 그러나 그들은 나름대로 어느 때는 전혀 근거가 없는데도, 또 어느 때는 상당한 근거를 가지고 집을 비우는 일을 서슴지 않기 시작했다. 연말이 가까워질 무렵 동생이 수도에 가서 볼일이 있다고 형에게 말했다. 크리스티앙은 모론으로 갔다. 그는 우리가 알고 있는 바로 그 집의 울타리에서 에두아르도의 밤색 말을 발견했다. 그는 안으로 들어갔다. 안에서 그는 자신의 차례를 기다리고 있는 에두아르도를 발견했다. 크리스티앙은 동생에게 이렇게 말했으리라.

"이런 식으로 가다가 우린 아마 우리들의 말을 뼈만 남도록 만들고 말 게다. 그러니 차라리 우리가 그녀를 데리고 있는 게 나을 것 같다."

그는 여주인과 얘기를 나눈 뒤 주머니에서 몇 푼의 동전을 건넸다. 그리고 그들 형제는 다시 그녀를 데리고 마을로 돌아왔다. 훌리아나는 크리스티앙과 함께 집으로 갔다. 에두아르도는 그들을 보지 않기 위해 자신의 밤색 말에 박차를 가할 수밖에 없었다.

그들은 다시 앞에서 말한 바의 그런 삶으로 되돌아갔다. 그 치욕적인 해결책들은 실패로 끝났다. 왜냐하면 그들 두 형제는 계략을 꾸미는 지경까지 이르렀기 때문이었다. 그들 사이에 카인이 돌아다니고 있었다. 그러나 그들 두 형제의 우애는 지극했고 — 얼마나 많은 어려움과 위험을 함께 나누었던가! — 또한 그들은 자기들 외의 것들에 의해 야기된 문제를 종식시키기를 원했다. 자기들 사이에 불화를 몰고 온 타인들, 개들, 그리고 훌리아나.

3월이 막바지에 다다르고 있었다. 아직 더위가 물러서지 않고 있었다.[3] 어느 일요일(일요일이 되면 사람들은 귀가한다.) 주막에서 돌아온 에두아르도는 크리스티앙이 소에게 멍에를 씌우고 있는 것을 보았다. 크리스티앙이 그에게 말했다.

"이리 와. 우리는 파르도의 시장에 가죽을 내다 팔러 가야 해. 내가 이미 그것들을 실어 놓았어. 바람 좀 쐴 겸 가도록 하자."

내가 알기로 파르도의 시장은 남쪽으로 상당히 떨어진 곳에 있었다. 그들은 라스 트로파스 거리를 따라 그곳을 향했다. 그런 다음 한 샛길로 들어섰다. 들판은 밤을 머금으며 점차로 거대해져

---

[3] 우루과이의 3월은 초가을 날씨다.

가고 있었다.

 그들은 길게 자란 잡초들을 잘라 냈다. 크리스티앙이 피우던 담배를 버린 뒤 서두름 없이 말했다.

 "일을 시작하자, 에두아르도. 그다음은 카라카라[4]가 처리해 줄 거야. 오늘 내가 그녀를 죽였다. 그녀는 그동안 자신이 차고 다녔던 장신구들과 함께 여기에 머물게 될 거다. 이제 더 이상 문제는 없을 거다."

 그들은 거의 울먹이면서 서로를 포옹했다. 이제 또 다른 매듭이 그들을 묶어 주고 있었다. 비극적으로 희생된 여자와 그녀를 잊어버려야 하는 의무가.

---

4) 중남미 산의 맹조.

비열한 사람

도시에 관한 우리의 인상은 약간 시대착오적인 면모를 가지고 있다. 카페는 주점으로 전락하고, 우리로 하여금 마당을 들여다볼 수 있게 해 주었던 현관과 포도 덩굴은 이제 안쪽에 승강기가 있는 뒤엉킨 복도로 변해 있다. 그처럼 나는 여러 해 동안 부에노스아이레스 서점이 탈카우아노산의 높은 산정만큼이나 나를 기다려 왔으리라 믿고 있었다. 어느 날 아침, 나는 그 서점이 골동품상으로 바뀐 것을 확인했고, 주인인 산티아고 피시바인 씨가 사망했다는 사실을 알게 되었다. 그는 뚱뚱보였다고 해야 하리라. 나에겐 그의 생김새보다는 그와 나눴던 긴 대화들이 기억에 새롭다. 과묵하지만 엄중했던 그는 늘 시오니즘을 비판하곤 했다. 그에 따르면 그래야만 하나의 전통, 하나의 조국에 묶여 분쟁과 혼합을 거쳐야만 취득되는 풍요로움을 상실하고 있는, 자신이 속해 있는 유대인이 다른 보통의 사람처럼 될 수 있다는 것이었다. 그는 언젠가 자신이 그 기이한 논리 체계에 환상적인 엄격함을 제공하기는 하지만 반면에 독자들을 혼돈에 빠뜨리는 모든 에우리피데스적 자취를 빼 버린 스피노자의 방대한 전집 편찬을 계획한 적이 있었다고 내게 말한 적이 있었다. 그는 팔려고는 하지 않았지만 호기심에 끌리도록 만든 로젠로스[1]의 『카발라 데누다타』 판본 하나를 보여 주었다. 하지만 나의 서재에는 저자의 인장이 찍혀 있는 긴즈버그[2]와 웨이트[3]의 책 몇 권이 있었다.

우리 둘밖에 없었던 어느 날 오후 그가 내게 자신의 삶과 관련한 한 가지 비밀 이야기를 들려주었는데 이제는 그것을 공표해도 괜찮으리라. 내가 몇 가지 사소한 사항들에 대해 나름의 변형을 가하게 되리라는 것은 당연한 일이다.

"이제까지 누구에게도 들려주지 않은 한 가지 얘기를 선생에게 들려줄까 합니다. 내 아내인 아나, 그리고 나의 가장 친한 친구들에게도 들려주지 않았던 얘기를 말이오. 그것은 까마득하게 느껴지는 아주 오래전에 일어났던 일이지요. 아마 선생께 좋은 소설감이 될 것이고, 당신은 그것에서 좋은 소설 재료를 얻게 될 것입니다. 언젠가 당신에게 내가 엔트레 리오스[4] 출신이라는 사실을 말

---

1) 바론 폰 크노르 크리스티안 로젠로스(Baron von Knor Christian Rosenroth, 1631~?). 기독교 신학자로 카발라 연구에 공헌했다. 『카발라 데누다타』는 그의 주저이다.
2) 데이비드 긴즈버그(David Ginsburg, 1831~1914). 유대교도였다가 기독교로 개종한 신학자. 『카발라: 그 원리, 발전, 그리고 문학』 등의 저서가 있다.
3) 아서 에드워드 웨이트(Arthur Edward Waite, 1857~1942). 영국의 작가로 『이스라엘의 신비한 교리』, 『거룩한 카발라』 등의 저서를 남겼다.
4) 아르헨티나의 주.

했는지 모르겠네요. 우리가 유대인 가우초라고는 말하지 않겠어요. 유대인 가우초란 결코 존재하지 않았으니까. 우리는 장사꾼이거나 농부였죠. 나는 우르디나라인[5]에서 출생했지만 그곳에 대한 기억은 거의 나지 않아요. 우리 부모가 가게를 열기 위해 부에노스 아이레스로 이사 왔을 때 나는 아주 꼬마였거든요. 말도나도 샛강[6]이 몇 구간 떨어진 곳에 있었고, 그 뒤로는 미개간지가 있었지요.

칼라일[7]이 사람들은 영웅을 필요로 한다고 말했던가요. 그로소[8]의 역사책은 그 예로 산마르틴[9]의 전과를 들고 있지요. 그러나 내가 산마르틴에게서 발견한 것은 그가 칠레에서 싸웠던 군인이었고, 이제는 하나의 동상이자 광장의 이름에 불과하다는 사실뿐이지요. 나는 우연히 그 두 사람(그로소와 산마르틴)에게는 불행이 될 아주 특별한 영웅을 알게 되었지요. 프란시스코 페라리. 아마 당신은 처음 들어 보는 이름일 겁니다.

사람들에 따르면 코랄레스나 바호[10]가 그랬던 것처럼 그 마을은 황량한 곳이었지요. 그러나 망나니들이 들락거리는 주막이 없

---

5) 아르헨티나 엔트레 리오스주에 있는 지역.
6) 부에노스 아이레스시의 북쪽 접경에 자리한 샛강.
7) 토머스 칼라일(Thomas Carlyle, 1795~1881). 스코틀랜드 출신의 역사학자.
8) 알프레도 바르톨로메 그로소(Alfredo Bartólome Grosso, 1867~?). 아르헨티나 역사 교과서의 저자.
9) 호세 산마르틴(José San Martí, 1778~1850). 라틴 아메리카 독립 전쟁의 영웅이자 칠레와 페루를 스페인 치하로부터 해방시킨 장군.
10) 코랄레스와 바호는 부에노스 아이레스 근교에 있는 마을이다.

을 리가 없었죠. 페라리는 트리운비라토와 테임스 거리[11]가 만나는 곳에 있는 주막에서 술을 마시고 있었지요. 나를 그의 신봉자로 만들었던 사건이 일어났던 곳이 바로 그곳이었죠. 나는 마테차 한 봉지를 사기 위해 그곳에 갔던 참이었어요. 머리를 길게 늘어뜨리고 콧수염을 기른 외지인이 들어서며 진 한 잔을 청하더군요. 페라리가 그에게 부드럽게 말했어요.

"혹 우리 그젯밤 훌리아나의 댄스파티에서 보지 않았소? 어디서 오는 거요?"

"산크리스토발[12]이오."

새로 들어온 사람이 대답하더군요.

"충고하건대, (페라리가 은근한 어조로 말하더군요.) 다시는 여기에 오지 않는 게 좋을 것 같은데, 여기에는 당신을 곤란하게 만들 그런 못된 친구들이 많으니까 말이오.

산크리스토발에서 온 그 사내가 자신의 콧수염을 비롯해 모든 것을 챙겨 들고 주막을 나갔지요. 아마 그는 페라리만큼이나 남자다운 사람이었을지도 모르지만 그곳에는 불량배 패거리들이 있다는 것을 알고 있었던 거죠.

바로 그날 오후부터 프란시스코 페라리는 열다섯 살의 내가 열광하는 영웅이 되었죠. 그는 몸이 단단하고 키가 큰 편이었고, 체격이 당당한, 그 당시의 통념으로 보았을 때 아주 멋진 청년이었어요. 그는 항상 검은 옷을 입고 다녔습니다. 이제 우리는 두 번째 일화에 들어가게 됩니다. 나는 그때 나의 어머니, 그리고 숙모와

---

11) 트리운비라토와 테임스는 부에노스 아이레스 근교에 있는 거리다.
12) 아르헨티나의 산타페 지방에 있는 도시.

함께 길을 걷고 있었지요. 우리는 한 무리의 불량배들과 마주치게 되었는데 그들 중의 하나가 자신의 동료들에게 큰 소리로 이렇게 말하는 것 아니겠어요.

"저들은 그냥 가도록 놔둬. 늙은 할망구."

나는 어떻게 할 바를 몰랐지요. 그때 집에서 나오던 페라리가 끼어든 거예요. 그가 그 시비꾼의 코앞으로 바짝 다가서더니 이렇게 말하더군요.

"다른 사람과 시비를 붙고 싶다면 차라리 나한테 시비를 거는 게 낫지 않을까?"

그가 그들을 하나하나 훑어보기 시작했는데 그들 중 어느 누구도 그에게 대꾸를 하지 못하더군요. 왜냐하면 그가 어떤 사람인지 알고 있었기 때문이죠.

페라리가 어깨를 움찔해 보이더니 우리에게 인사를 하고는 돌아섰지요. 그가 멀어져 가기 전 돌아서더니 내게 말하는 거예요.

"특별히 할 일이 없다면 나중에 주막으로 오지 않을래?"

나는 수치심에 몸둘 바를 모를 지경이었어요. 그때 숙모인 사라가 한마디 판정을 내리셨지요.

"신사는 숙녀에게 예의를 갖추는 법이지."

나의 어머니가 입을 열어 곤궁 속에 빠져 있는 나를 끄집어내 주더군요.

"나는 그가 누구한테나 이기려 하는 싸움패에 불과하다고 말하겠어."

그 일을 선생께 어떻게 설명을 드려야 할까요. 나는 나름으로 내 인생의 길을 헤쳐 왔어요. 사랑하는 서점을 소유하고 있고, 또 그곳에 꽂혀 있는 책들을 읽곤 하지요. 또한 당신을 포함하여 사람들과 사교를 즐기고, 내게는 아내와 자식들이 있고, 나는 사회당 당원이고, 선량한 아르헨티나 사람이자 또한 선량한 유대인이기도 하지요. 당신도 보다시피 지금 나는 거의 머리가 벗어져 있고요. 하지만 그 당시 나는 빨간 머리에 도시 근교에 사는 러시아 출신의 가난한 소년이었어요. 사람들이 나를 업신여기는 건 당연한 일이었겠죠. 다른 모든 젊은애들처럼 나 또한 특별한 애가 되려고 애썼어요. 나는 야곱이라는 유대인 이름을 떨궈 버리려고 나 자신을 산티아고라고 부르곤 했어요. 하지만 피시바인이라는 성은 그대로 남아 있었지요. 우리 유대인들은 사람들이 우리에 대해 가지고 있는 그런 인상을 모두 가지고 있지요. 나는 사람들이 우리에게 보내는 경멸을 느꼈고, 나 또한 스스로를 경멸했어요. 그 당시, 그리고 무엇보다도 그런 환경 속에서 용기 있는 자가 되는 것은 중요한 일이었어요. 나는 자신이 겁쟁이라는 것을 알고 있었지요. 여자들은 내게 무척 두려움을 주었어요. 나는 나의 혐오스러운 동정에 극심한 수치심을 느끼고 있었지요. 게다가 내게는 내 나이 또래의 친구들조차 없었어요.

나는 그날 밤 주막 근처에 얼씬거리지도 않았어요. 그 뒤로도 정말 가지 말았어야 했는데. 그러나 나는 곧 그 초대에 일종의 명령 같은 게 깃들어 있다는 것을 깨달았어요. 그래서 나는 다음 토요일 저녁을 먹은 후 마침내 주막 안으로 걸어 들어갔어요.

페라리가 한 탁자의 상석에 앉아 있더군요. 다른 사람들 또한 얼굴을 아는 사람들이었지요. 대략 일곱 명 정도였어요. 페라리는 말이 없고 지친 표정을 하고 있는 한 꼰대를 제외하고 그들 중 나이가 가장 많았어요. 그 사람의 이름은 내 기억에서 지워지지 않는 유일한 이름이지요. 엘리세오 아마로 씨. 그의 넓고 축 늘어진 얼굴에는 칼자국이 하나 나 있었지요. 나중에 사람들한테 들은 얘기인데 감옥에 갔다 온 적도 있다더군요.

페라리는 나를 자신의 왼편에 앉히더군요. 그들은 엘리세오 씨로 하여금 자리를 옮기도록 했지요. 나는 페라리가 며칠 전의 그 수치스러운 사건을 들먹이지 않을까 두려워 불안했어요. 그러나 그런 일은 일어나지 않았습니다. 그들은 여자들, 도박, 선거, 방문할 예정이지만 아직 도착하지 않은 한 민요 가수, 그리고 마을의 이런저런 일들에 대해 떠들더군요. 처음에 그들은 나를 받아들이는 게 조금 어색한 듯했어요. 하지만 시간이 지나니까 달라지더군요. 아마 그게 페라리의 뜻이었기 때문인지도 모르죠. 대부분 이탈리아 성(姓)을 가지고 있었음에도 불구하고[13] 그들은 자신들이 아르헨티나 사람이자 가우초라고 생각하는 것 같았어요.(사람들도 그렇게 생각했지요.) 그들 중 몇은 말 도둑이거나 마부거나 또는 백정이었어요. 짐승을 다루는 일이 그들을 시골 사람들과 비슷하게 되도록 만들고 있었던 거죠. 나는 그들이 가진 최대의 바람이 후안 모레이라[14]처럼 되는 게 아닌가 하는 생각이 들더군요. 그들은 루시토[15]에 대해서도 얘기했지만 그 호칭에는 경멸의 뜻이 담겨 있지 않았어요. 나는 그들로부터 담배를 피우는 것과 다른 여러 가지 것들을 배웠지요.

---

13) 아르헨티나에는 수많은 이탈리아 후예들이 있다.
14) Juan Moreira(1819~1874). 아르헨티나의 전설적인 가우초로 경찰의 박해 때문에 범법자가 되어 사살당했다.
15) 러시아에서 온 유대인. 초기에 아르헨티나로 이민 온 유대인들은 대부분 러시아에서 온 사람들이었다.

후닌[16]에 있는 한 집에서 어떤 사람이 내게 혹 프란시스코 페라리의 친구가 아니냐고 묻더군요. 나는 아니라고 대답했지요. 만일 내가 그렇다고 대답했더라면 괜히 으스대고 싶은 생각에 그랬을 거라는 생각이 들더군요.

어느 날 밤, 경찰들이 들이닥쳐 우리들을 샅샅이 수색하더군요. 누군가가 경찰서로 가야 했지요. 그들은 페라리는 건드리지 않더군요. 보름 후 다시 똑같은 광경이 되풀이되었어요. 그 두 번째 수색 때는 허리에 단도를 차고 있던 페라리까지도 닦달을 했지요. 마을의 우두머리로부터 총애를 잃어버린 결과였던 거예요.

지금 와 돌이켜 보면 페라리는 헛된 꿈에 사로잡혀 있다가, 종국에 가서는 배반을 당한 가련한 젊은이에 불과했다는 생각이 듭니다. 그 당시는 내게 신과 같았던 그가 말입니다.

우정은 사랑 또는 인생과 같은 혼란의 과정에서 겪는 여러 다른 현상들만큼이나 신비스러운 것이라 해야겠지요. 언젠가 나는 삶에서 신비를 갖고 있지 않은 것은 행복이 유일하지 않을까 하는 생각을 한 적이 있습니다. 왜냐하면 행복은 그 자체로서 자족적인 것이니까요. 용감무쌍하고 강인한 프란시스코 페라리가 경멸의 대상인 내게 우정을 느꼈던 것은 사실이에요. 나는 그가 잘못 판단했고, 나는 그러한 우정을 받을 자격이 없는 사람이라고 느꼈죠. 나는 그로부터 도망치려고 했지만 그는 그것을 허용치 않았지요. 그 갈등은 내 어머니의 반대로 더욱 악화됐죠. 나의 어머니는 내가 흉내내고 있던, 그녀가 건달이라고 부르는 짓을 순순히 용납하려고 들지 않으셨던 거죠. 내가 당신에게 들려주는 이 얘기

---

16) 부에노스 아이레스 근교에 있는 시골 거리.

의 핵심은 이제 더 이상 후회의 느낌이 없는 그 비열한 사건들의 진상 때문이 아니라 페라리와의 관계에 있지요. 후회가 계속되는 한 죄 또한 계속되는 거라 해야겠지요.

그날 밤 페라리의 옆자리를 다시 차지하고 앉은 그 늙은이는 페라리와 무엇인가 밀담을 나누고 있었어요. 그들은 뭔가를 꾸미고 있었던 게 틀림없어요. 그들의 건너편에 앉아 있던 내 귀에 마을의 경계 지역에서 직물 공장을 경영하고 있는 웨이데만의 이름이 들리더군요. 잠시 후 그들은 내게 아무런 사전 설명도 없이 그 공장을 둘러보고 문이 어디에 위치해 있는지 살펴보고 오라고 시켰어요. 내가 개울과 들길을 가로질렀을 때는 이미 해가 지고 있었지요. 여기저기 흩어져 있는 집들, 버드나무 숲, 구덩이들이 아직도 기억에 생생합니다. 공장은 새 건물이었지만 고적하고 황량한 공기에 둘러싸여 있었지요. 나의 기억 속에서 그 건물의 붉은 빛깔은 황혼과 뒤범벅이 돼 있곤 합니다. 나는 철책 가까이로 다가갔지요. 정문 외에 공장으로 직접 통하는 두 개의 문이 남쪽 편에 나 있더군요.

당신도 이미 간파했겠지만 나는 그들이 무엇을 하고자 하는지 드디어 깨닫게 되었어요. 나는 내가 파악한 정보를 그들에게 알렸고, 패거리들 중의 하나가 그렇다고 재확인을 해 주었어요. 그의 누이가 그 공장에서 일을 하고 있었기 때문이죠. 만일 패거리들이 토요일 밤에 주막에 들르지 않는다면 사람들이 이상하게 생각할 것이기 때문에 페라리는 돌아오는 금요일에 덮치기로 결정을 내렸지요. 내게는 망보는 일이 주어졌어요. 그때까지 우리는 함께 있지 않는 게 현명하리라는 판단을 내렸지요. 거리에서 그와 단둘이 남게 된 나는 물었어요.

"나를 믿는 건가요?"

"물론이지." 그가 대답하더군요. "나는 네가 남자답게 행동하리라는 걸 알아."

나는 그날 밤, 그리고 목요일 밤까지 아주 잠을 잘 잤어요. 금요일이 다가오자 나는 어머니에게 도심에서 열리는 새 카우보이 쇼에 가겠다고 둘러댄 뒤 가진 것 중 가장 좋은 옷으로 차려입고 모레노 거리[17]로 갔어요. 라크로세 철도선을 타고 가는 길은 멀고도 길었지요. 나는 경찰서 안에서 한참 동안을 기다려야 했어요. 이윽고 에알드던가 알트던가 하는 경관 하나가 나를 맞아들이더군요. 나는 그에게 은밀히 나눌 얘기가 있어 찾아왔다고 말했지요. 그가 마음 놓고 말하라고 하더군요. 나는 그에게 페라리가 꾸미고 있던 범죄 계획에 대해 털어놓았어요. 나는 그가 페라리의 이름을 모른다는 사실에 놀라지 않을 수 없었어요. 내가 또 놀란 것은 그 경관이 엘리세오를 두고 한 말 때문이었어요.

"아," 그가 말하더군요. "그 자식 우루과이 출신 패거리 아냐."

그 경관이 내가 사는 구역을 담당하는 경관 한 사람을 부르더군요. 그리고 둘은 얘기를 나누었죠. 새로 온 경관이 빈정거리면서 내게 묻더군요.

"자네는 자신이 선량한 시민이라고 믿기 때문에 이런 밀고를 하는 건가?"

그가 결코 내 마음을 이해하지 못하리라는 느낌이 들더군요. 그렇지만 말했지요.

"네, 경관님. 저는 선량한 아르헨티나 사람입니다."

---

17) 부에노스 아이레스에 있는 거리.

그들은 내게 내 두목이 시킨 임무를 수행하되 경찰이 오는 걸 보더라도 신호를 보내지 말라고 다짐을 주더군요. 작별 인사를 하면서 두 경관 중의 하나가 내게 경고했어요.

"조심해. 꽹과리[18]들에게 무슨 일이 닥칠 수 있는지는 자네도 잘 알 테니까."

경관들은 애들이 쓰는 은어를 즐기는 것 아니겠어요.

"차라리 그들 손에 죽는 게 낫겠지요. 그것이 내게는 최선의 결과일 테니까요."

금요일 새벽부터 나는 마침내 그날이 왔다는 안도감과 더불어 내가 어떤 고통도 느끼고 있지 않다는 것 때문에 고통을 느꼈지요. 시간이 아주 느리게 흘러가더군요. 밤 10시에 우리는 공장의 커다란 헛간에 모였어요. 패거리 중 한 사람이 나타나지 않았지요. 엘리세오 씨가 어디에나 항상 얼간이는 한 명씩 있는 법이라고 한마디 내뱉더군요. 나는 모든 게 끝나면 패거리들이 그 탓을 그에게 돌리겠구나 하고 생각했습니다. 비가 내리고 있었어요. 나는 그들이 내게 다른 사람 하나를 딸려 놓지 않을까 조바심이 일었지요. 그러나 다행스럽게도 그들은 나를 안쪽 문 하나에 홀로 남겨 두더니 안으로 들어가더군요. 잠시 후 경찰 간부 한 사람이 경관들과 나타났어요. 그들은 인기척을 내지 않기 위해 말은 바깥쪽에 두고 걸어오더군요. 그들은 페라리가 열어젖혀 둔 문을 타고 소리 없이 안으로 미끄러져 들어갔어요. 네 발의 총성에 나는 완전히 혼이 나갈 뻔했어요. 나는 안의 어둠 속에서 서로 살상극을 벌이고 있겠거니 생각했어요. 나는 수갑에 묶인 채 끌려 나오는

---

18) 떠버리, 밀고자를 뜻한다.

동료들을 보았지요. 이어 두 명의 경관이 프란시스코 페라리와 엘리세오 아마로 씨를 질질 끌고 나오더군요. 그들은 총탄의 제물이 되어 있었어요. 사건의 전말은 그들이 체포 명령에 불응했을뿐더러 먼저 총을 발사했던 것으로 공표되었지요. 나는 그것이 거짓말이라는 사실을 알고 있었어요. 왜냐하면 나는 그들이 총을 가지고 있는 걸 한 번도 본 적이 없거든요. 경찰은 그 순간을 그들에게 당한 옛 원한을 갚는 기회로 삼았던 겁니다. 며칠 후 경찰들이 내게 페라리가 도망치려 했으나 단 한 발의 총탄으로 끝장낼 수 있었다고 들려주더군요. 예상대로 신문들은 그를 전혀 그랬던 적이 없었고, 내 눈에만 그렇게 보였던 영웅으로 탈바꿈시켜 놓았지요.

그날 경관들은 나를 나의 다른 동료들과 함께 끌고 갔지만 얼마 지나지 않아 풀어 주었답니다."

로센도 후아레스의 이야기

아마 밤 10시였을 게다. 내가 볼리바르와 베네수엘라 거리가 만나는 지점에 있던, 지금은 현대식 술집으로 변한 주막에 들어간 시각은. 구석에 있던 한 사내가 내게 손짓을 했다. 그에게서 어떤 권위 같은 것을 느꼈던 것일까. 왜냐하면 내가 그의 말에 즉각 순종했기 때문이다. 그는 탁자에 홀로 앉아 있었다. 나는 그가 앞에 빈 잔을 놔둔 채 아주 오랫동안 그곳에 앉아 있었으리라는 기이한 느낌을 받았다. 그는 키가 작지도 크지도 않았다. 그는 기품 있는 장인(匠人) 또는 옛 시골 농부 같은 인상을 풍겼다. 숱이 듬성듬성한 콧수염은 회색빛이었다. 그는 부에노스 아이레스식 풍습에 대한 강박관념이 있는지 스카프를 풀지 않고 있었다. 그가 내게 같이 한잔하지 않겠느냐고 청했다. 나는 앉았고, 우리는 얘기를 나누었다. 이 모든 것은 1930년경에 일어났던 일이다.

그 남자가 내게 말했다.

"당신은 소문으로 들은 것 말고는 나에 대해 알지 못할 것이오. 하지만 당신은 나를 알고 있어요. 선생, 내가 바로 로센도 후아레스라는 사람이오. 죽은 파레데스 씨가 나에 대해 말했을 거요.[1] 그 노인은 특별한 성격을 하나 가지고 있었지요. 거짓말하기를 좋아한다는. 사람을 속이기 위해서가 아니라 그저 사람들을 즐겁게 해 주기 위해서 말이오. 지금 당신이나 나나 별로 할 일이 없는 것 같으니까 그날 밤 진짜로 어떤 일이 일어났는지 당신에게 들려줄까 하오. '새장수'[2]가 살해당하던 그날 밤에 대해서 말이오. 선생은 그 이야기를 소설로 쓰셨더군요. 나로서야 비록 그 작품에 대해 이렇다 저렇다 평가할 능력이 없지만 그 거짓말들에 얽힌 진실을 당신이 알았으면 하는 마음이오."

그가 기억을 끌어모으려는 듯 잠시 멈추었다가 말을 이었다.

"사람들에게는 어떤 일들이 일어나지만 그가 그것을 이해하기 위해서는 세월의 흐름이 필요하지요. 그날 밤 내게 일어났던 일은 사실을 말하자면 아주 오래전부터 시작되었다고 해야 옳겠지요. 나는 플로레스타[3]에서 한참 들어가는 말도나도라는 마을에서 자랐어요. 그곳에는 지금은 복개된 형편없는 수로가 하나 있었지요.

---

1) 로센도 후아레스는 보르헤스의 『불한당들의 세계사』에 실린 단편 「장밋빛 모퉁이의 사내」에 나오는 인물이다. 또한 죽은 파레데스가 자신에 관한 얘기를 들려주었을 것이라고 말하는 것으로 보아 파레데스는 「장밋빛 모퉁이의 사내」에서 화자에게 얘기를 들려주었던 사람을 가리킨다. 이 작품을 보다 잘 이해하기 위해서는 먼저 「장밋빛 모퉁이의 사내」를 읽을 필요가 있다.
2) 「장밋빛 모퉁이의 사내」에 나오는 프란시스코 레알의 별명.
3) 부에노스 아이레스의 한 구역.

나는 항상 그 누구도 진보의 발걸음을 막을 수 없다는 견해를 가지고 있는 사람이에요. 어쨌든 모든 사람은 자신이 태어날 적합한 곳을 가지고 있는 법이지요. 나는 나를 세상에 나오게 만든 내 아버지가 누구인지 결코 알지 못했지요. 내 어머니인 클레멘티나 후아레스는 다리미질을 해 생계를 꾸렸던 아주 정숙한 부인이었어요. 나는 어머니를 엔트레 리오스나 우루과이 출신으로 알고 있습니다. 왜냐하면 사실이든 아니든 어머니는 우루과이의 콘셉시온에 있는 친척들에 대해 이야기하곤 하셨거든요. 나는 마치 잡초처럼 자랐어요. 나는 다른 애들과 나무 막대기를 가지고 칼싸움 놀이를 하곤 했지요. 우리에게는 아직 축구공이 없었거든요. 그 당시만 해도 그것은 영국 사람들이나 하던 놀이였지요.

어느 날 밤, 주막에서 가르멘디아라는 친구가 내게 시비를 걸더군요. 나는 상대하지 않으려고 했죠. 그런데 술에 취해 있던 그 친구가 계속 시비를 거는 거예요. 우리는 밖으로 나갔어요. 이미 마당으로 나와 있던 그가 반쯤 열어젖힌 주막의 문에 대고 사람들에게 말하더군요.

"걱정 마. 나는 금세 돌아올 테니."

내 손에는 단도가 하나 들려 있었어요. 우리는 서로에게 경계심을 늦추지 않으면서 천천히 말도나도강 쪽으로 갔지요. 그는 나보다 나이가 몇 살 더 많았어요. 우리는 여러 차례 칼싸움 경기를 한 적이 있었고, 나는 그가 나를 결단내 버리리라는 느낌에 사로잡혔지요. 나는 좁은 오솔길의 오른쪽을, 그는 왼쪽을 따라가고 있었어요. 그가 돌부리에 걸려 비틀거리더군요. 넘어진 사람은 가르멘디아였고, 나는 거의 생각할 틈도 없이 그를 덮쳤어요. 나는 그를 향해 칼날을 세웠고, 우리는 맞붙었고, 그 어떤 일도 일어날 수 있는 그런 순간이 흘렀고, 마침내 나는 그에게 칼 한 방을 먹였고, 그것으로 끝이었죠. 그도 내게 상처를 입혔다는 것을 느낀 것은 그러고 난 이후였지요. 가벼운 생채기요. 바로 그날 밤 나는 어떤 사람을 죽이거나, 사람들이 누군가를 죽인다는 게 전혀 어려운 일이 아니라는 것을 배우게 됐지요. 개울의 물은 너무 얕더군요. 나는 시간을 벌기 위해 벽돌 가마 뒤에 거의 죽어 가고 있는 그를 숨겼어요. 나는 순전히 우쭐한 기분 때문에 그가 늘 끼고 다니던 값비싼 보석이 박힌 반지를 그의 손가락에서 빼냈어요. 나는 그것을 내 손가락에 끼고, 참베르고 모자를 바로 고쳐 쓰고, 주막으로 돌아갔지요. 나는 천천히 안으로 들어갔고, 그리고 사람들에게 말했어요.

"돌아온 사람은 나인 것 같군."

나는 사탕수수 술 한 잔을 주문했는데, 사실 정말로 그것이 필요했었죠. 그제야 누군가가 내 소매에 피가 묻었다는 사실을 알려 주더군요.

나는 그날 밤 잠을 이루지 못하고 엎치락뒤치락하다 새벽녘이 되어서야 간신히 잠들 수 있었어요. 늦은 아침에 경관 두 명이 찾아왔더군요. 이제는 고인이 돼 버린 가련한 나의 모친은 하늘에 대고 울부짖으시더군요. 그들은 내가 범죄자나 되는 것처럼 나를 끌고 가더군요. 나는 이틀 낮과 밤 동안 감방에 갇혀 있어야 했죠. 나의 진정한 친구인 루이스 이랄라를 제외하고는 아무도 찾아오지 않더군요. 그도 면회가 거절되기는 했지만요. 어느 날 아침 서장이 나를 부르더군요. 그는 의자에 턱 기대고 앉아 나를 쳐다보지도 않은 채 말하더군요.

"그러니까 자네가 가르멘디아를 손봐 주셨다?"

"뭐 그렇게 말씀하신다면."
 나는 대답했지요.
"나한테 말할 때는 서장님이라는 호칭을 붙여. 농담을 하거나 술책 따위를 피우지도 말고. 여기 증인들의 증언과 네 집에서 발견한 반지가 있어. 자, 이 자리에서 자백서에 바로 서명을 하지."
 그가 펜에 잉크를 묻힌 다음 내게 내밀더군요.
"시간을 좀 주십시오, 서장님."
 나는 불쑥 그렇게 대답을 했어요.
"자네가 영창에서 찬찬히 생각을 할 수 있도록 스물네 시간의 여유를 주지. 빨리 결정하라고 닦달하지는 않겠어. 만일 그래야 할 필요가 없다고 생각한다면 라스 에라스에 있는 교도소에서 작은 휴가를 보내야 할 거고."
 선생도 상상이 되시겠지만 나는 도무지 무슨 말인지 이해할 수가 없었어요.
"설령 나중에 자네 머리가 제대로 돌아가게 된다 해도 그때는 너무 시간이 늦어. 빨리 결정을 내려야만 자네를 풀어 줄 수 있지 않겠어. 니콜라스 파레데스 씨가 자네에 관한 모든 책임을 져 주겠다고 약조를 했으니까."
 열흘이 흘렀지요. 그렇게 한참의 시간이 흐른 뒤에야 그들이 나를 부르더군요. 나는 그들이 원하는 대로 서명을 했고, 두 명의 경관들이 나를 카브레라 거리[4]로 데려가더군요.
 그들이 어느 집의 울타리 기둥에 말을 묶었는데, 현관과 집 안에는 매춘굴보다 더 많은 사람들이 있더군요. 무슨 비밀 조직 같

---

4) 부에노스 아이레스 중심에 있는 거리.

앉어요. 마테 차를 마시고 있던 니콜라스 씨가 이윽고 나를 맞이 하더군요. 그는 서두르지 않는 어조로 선거를 준비하고 있는 모론으로 나를 보내겠다고 했어요. 그는 일을 잘하는지 나를 시험해 보게 될 라페레르 씨에게 추천장을 써 주더군요. 추천장은 검은 옷을 입은 남자가 썼고요. 내가 들은 바로 그는 빈민가와 천박한 사건들, 즉 학식 있는 독자들은 흥미를 못 느낄 그런 문제들에 관한 시를 쓰는 사람이었지요. 나는 그에게 감사의 인사를 하고 밖으로 나왔어요. 돌아가는 길에 경찰들은 더 이상 내게 달라붙지 않더군요.

그 모든 게 행운의 서곡이었던 거예요. 하느님은 자신이 해야 할 일을 알고 계시는 거라 해야겠지요. 처음에는 내게 구역질을 안겨 주었던 가르멘디아의 죽음이 이제는 내게 미래의 길을 열어 주었던 거죠. 당국이 자신들의 손아귀에 나를 움켜쥐고 있었던 것은 사실이에요. 만일 내가 당에 필요하지 않다고 판단하면 그들은 다시 나를 감옥으로 보낼 심산이었겠죠. 하지만 나는 좋은 예감을 느꼈을 뿐만 아니라 자신도 있었어요.

라페레르 씨는 나의 후견인이 되어 줄 테니 항상 자신에게 정직하고 충성하라고 다짐을 시키더군요. 그들이 내게 원하는 것은 내린 명령을 수행하는 거였죠. 모론에서, 그리고 나중에는 마을에서 나는 내 우두머리들의 신임을 얻게 되었어요. 경찰과 당은 나의 명성이 자자하게 해 주었지요. 나는 수도와 지방의 비밀 조직에서 총애받는 선거 참모가 되었어요. 그 당시 선거는 야만적이기 그지없었어요. 선생의 머리가 뒤죽박죽될 수도 있으니 그 피비린내 나는 사건들을 일일이 열거하지는 않겠습니다. 나는 급진주의자들을 참을 수가 없었어요. 그들은 여전히 알렘[5]의 구레나룻 수염에 매달린 채 살아가고 있지만 말입니다. 나를 존경하지 않는 사람은 단 하나도 없었어요. 나는 루하네라라고 하는 여자와 멋진 털을 가진 찬란한 밤색 말을 소유할 수 있게 되었지요. 몇 해 동안 나는 전설적인 가우초 모레이라처럼 되려고 갖은 노력을 다했어요. 아마 그 또한 틀림없이 자신이 살았던 당시에 다른 범법자 가우초처럼 되려고 노력했을 테지만 말입니다. 나는 도박과 술에 빠져들었지요.

확실히 나이가 들면 사람들은 떠버리가 되나 봅니다. 하지만 이제 얘기는 핵심에 다다르고 있습니다. 내가 이미 그 얘기를 루이스 이랄라에게 들려주었는지도 모르겠습니다. 살아가면서 쉽게 만날 수 없는 그런 친구죠. 그때 그는 이미 나이가 상당히 들어 있었어요. 그는 어떤 일도 두려워하지 않는 사람이었고, 항상 내게 다정하게 대해 주었지요. 그는 일생 동안 정치와는 전혀 무관한 삶을 살았어요. 그는 목수 일을 하며 생계를 꾸렸어요. 누구에게도 시비를 걸지 않았고, 그 누구도 자신에게 시비를 걸게 하지 않았지요. 어느 날 아침 그가 나를 찾아와 이렇게 말하는 겁니다.

"자네 이미 사람들한테서 왜 카실다가 나를 떠나게 되었는지 자초지종을 들은 적이 있겠지. 내게서 그녀를 빼앗아 간 놈은 루피노 아길레라라는 작자였어."

나는 모론에서 이 문제에 관해 들은 적이 있었어요. 나는 그에게 말했지요.

"네, 알고 있어요. 아길레라는 사람들 중 가장 덜 지저분한 녀

---

5) 레안드로 니케브로 알렘(Leandro Nicebro Alem, 1842~1896). 급진당을 만든 아르헨티나의 정치가.

석이었다고 할 수 있지요."

"타락했건 아니건 이제 그는 그에 대한 셈을 치러야 할 거야."

나는 한참 동안 생각한 뒤 그에게 말했어요.

"그 누구도 어떤 사람에게서 어떤 사람을 뺏을 수는 없어요. 카실다가 당신을 버렸다면 그것은 루피노를 좋아하기 때문일 거고, 따라서 당신은 그것에 대해 왈가왈부해서는 안 된다고 생각하는데요."

"그렇지만 사람들은 뭐라고 말할까? 나보고 겁쟁이라고 하지 않겠어?"

"제가 드리고 싶은 충고는 사람들이 하는 말과 더 이상 당신을 좋아하지 않는 여자에 대해 마음 쓰지 말라는 거예요."

"내가 마음 쓰는 건 그녀가 아니야. 계속해서 오 분 동안 한 여자에 대해 생각하는 남자는 남자가 아니라 계집애와 다를 바 없지. 카실다는 가슴이 없어. 우리가 마지막으로 함께 보냈던 날 밤 그녀가 나한테 너무 늙어 간다고 말하는 것 아니겠어?"

"당신에게 진실을 말했네요."

"진실이란 고통을 주는 법이지. 내가 지금 문제를 삼는 건 그녀가 아니라 루피노야."

"조심하세요. 나는 루피노가 메를로[6]의 비밀 조직에서 활동하는 것을 본 적이 있어요. 그는 굉장한 사람이었어요."

"내가 그를 두려워할 거라고 생각하나?"

"당신이 그를 두려워하지 않는다는 거 알아요. 그렇지만 생각해 보세요. 둘 중의 하나라는 사실을. 당신이 그를 죽이고 감옥으로

---

6) 부에노스 아이레스 근교에 있는 마을.

가든지, 그가 당신을 죽여 당신이 차카리타 공동묘지로 가든지.”
"그렇겠지. 만일 자네가 내 입장이라면 어떻게 하겠나?”
"모르겠어요. 하지만 제 삶은 확실히 어떤 표본이 될 수가 없어요. 나는 감옥에 가는 위험을 피하기 위해 비밀 조직의 싸움패가 됐으니까요.”
"나는 그 어떤 비밀 조직의 싸움패도 될 생각이 없어. 그저 빚을 갚겠다는 거지.”
"그러니까 당신은 알지도 못하는 사람과 이미 사랑하지도 않는 여자 때문에 자신의 평온한 삶을 망치겠다는 건가요?”
그는 내 말을 들으려고 하지 않았고, 그리고 떠나갔지요. 다음 날, 나는 그가 모론의 한 상가에서 루피노에게 시비를 걸었고, 루피노가 그를 죽였다는 소식을 들었지요.
그는 죽으러 갔고, 남자 대 남자의 정당한 싸움에서 죽었지요. 나는 그에게 친구로서 충고를 해 주었지만 그렇다고 죄책감으로부터 벗어날 수 있었던 건 아니에요.
장례식을 치르고 며칠 후 나는 투계장으로 갔어요. 나는 닭싸움을 좋아하지 않았어요. 그러나 그 일요일은 무엇이든 닥치는 대로 하지 않으면 못 견딜 지경이었지요. 나는 그 동물들 속의 무엇이 서로의 눈을 파먹으려고 발버둥치게 만드나 생각하고 또 생각했어요.
당신의 소설에 나오는 그날 밤, 그러니까 내 얘기의 마지막 날 밤 나는 패거리들과 파르다에서 열리는 댄스파티에 가기로 되어 있었어요. 여러 해 동안, 그리고 지금도 나는 내 파트너가 입었던 꽃 장식 달린 드레스가 생생하게 기억나요. 파티는 마당에서 열렸죠. 늘 그렇듯이 소란을 피우는 주정뱅이도 있었고요. 그러나 나는 세상일이란 게 하느님의 섭리에 따라 일어난다는 것을 확신하고 있었지요. 그 외지인들이 나타난 것은 12시가 안 돼서였어요. 그 패거리들이 '새 장수'라 부르고, 그날 밤 뒤뜰에서 죽었던 사람이 우리 모두에게 술을 몇 잔 돌렸죠. 기이한 것은 우리 두 사람이 몹시 닮았다는 사실이었어요. 이상한 공기가 감도는 게 느껴지더군요. 그가 내게로 다가와 나를 저울질하기 시작했어요. 그는 자신이 북쪽에서 왔고, 그곳까지 나의 명성이 자자하다고 말했어요. 나는 그가 멋대로 떠들도록 내버려 두었지만 이미 그를 가늠하기 시작했지요. 용기를 내기 위해서인지 그는 계속 진을 마셔 대더군요. 그리고 마침내 내게 결투를 청했어요. 그렇게 해서 누구도 결코 이해할 수 없는 그 사건이 벌어진 것이죠. 나는 그 분별없는 시비꾼에게서 마치 거울이나 된 듯 나 자신을 보았고, 그것은 내게 수치심을 안겨 주었지요. 두려움 같은 것은 느끼지 않았어요. 만일 내가 두려움을 느꼈더라면 아마 그와 싸웠을 겁니다. 나는 아무 일도 일어나지 않은 것처럼 그곳에 가만히 서 있었어요. 시비꾼이 자신의 얼굴을 이미 나의 얼굴에 바짝 대 놓고 모든 사람들에게 들리도록 소리를 질렀어요.

"문제는 네가 겁쟁이에 불과하다는 사실이군."

"아마 그럴지도 모르지." 나는 그에게 말했어요. "나는 겁쟁이로 취급받는다 해도 개의치 않아. 그렇게 해서 기분이 좋아진다면 네가 나를 화냥년의 아들이라 부르고, 내게 침을 뱉는다고 해도 좋아. 이제 만족하나?"

루하네라가 늘 내가 옷섶에 숨겨 두곤 했던 단도를 꺼내 조용히 내 손에 놓더군요. 그녀는 내가 그것을 꼭 쥐도록 하기 위해 이렇게 말하더군요.

"로센도, 내 생각에 당신에겐 이것이 필요할 것 같은데요."

나는 그것을 던져 버리고는 천천히 밖으로 나갔어요. 사람들이 눈이 휘둥그래진 채 길을 열어 주더군요. 그들이 어떻게 생각하든 그게 무슨 상관입니까.

나는 그런 삶으로부터 벗어나기 위해 우루과이로 갔고, 거기서 마부가 되었어요. 여기로 돌아와서는 토지를 샀고요. 산텔모[7]는 항상 평화로운 동네였지요.[8]"

---

[7] 부에노스 아이레스의 한 구역으로 가장 오래된 동네 중의 하나.

[8] 산텔모가 평화로운 동네라는 말은 원래는 그렇지 않다는 것을 반어적으로 표현한 말이다. 왜냐하면 이 동네는 옛부터 불량배들이 많은 곳으로 유명했기 때문이다.

만남

수사나 봄발에게

　사람들은 복잡한 문제에서 떠나고자, 또는 그날 저녁 심심풀이 대화에 써먹을까 해서 아침 신문을 읽는다. 그래서 당시에는 논란의 대상이 되었던 유명한 마네코 우리아르테와 둔칸의 사건에 대해 이제 아무도 기억하지 못한다는 게, 심지어 꿈속에서조차 기억하지 못한다는 게 그리 놀라운 일은 아니다. 게다가 그 사건은 혜성이 나타났고 혁명[1] 100주년이었던 저 멀리 1910년에 일어났던 일이고, 그리고 우리는 그 이후로 수많은 사건들을 목격했다가 잊어버리지 않았는가. 그 사건의 주인공들은 이미 고인이 되었다. 그 사건의 목격자들은 엄중한 침묵을 맹세했다. 나 또한 맹세를 하기 위해 한 손을 치켜올렸고, 아홉 또는 열 살의 나이가 가진 낭만적인 진지성에 따라 그러한 의식을 매우 의미심장한 것으로

---

[1] 아르헨티나의 1810년 혁명을 가리킨다.

받아들였다. 나는 나머지 사람들이 내가 그것을 누설한 적이 있다는 사실을 간파했는지, 또는 그들이 끝까지 자신들의 비밀을 지켰는지 알지 못한다. 어찌 됐든 이제 시간과, 좋은 작품이건 나쁜 작품이건 그것들이 가할 수밖에 없는 변형 속에서 그 일화를 이야기해 볼까 한다.

그날 오후 내 사촌 라피누르가 라우렐레스 댁의 별장에서 벌어진 불고기 파티에 나를 데리고 갔다. 나는 그곳의 위치를 정확히 기억할 수가 없다. 그저 강 쪽에 접해 있고, 길다랗게 늘어선 도시나 그곳의 대평원과는 전혀 다른 북쪽의 어둡고 고적한 그런 마을들을 떠올려 보면 된다. 기차 여행은 내가 지루하다고 느낄 만큼 한참 동안 계속되었다. 그러나 원래 어린애들에게 시간이란 아주 천천히 흘러가는 법이잖는가. 우리가 별장의 대문에 들어섰을 때는 이미 날이 어둑어둑해지고 있었다. 거기에는 오래되고 변하지 않은 어떤 것들이 있었고, 나는 그것을 느낄 수 있었다. 노리끼리하게 익어 가는 고기 내음, 나무들, 개들, 마른 나뭇가지들, 사람들을 둘러서게 만드는 화톳불.

초대받은 사람은 열 명 정도였다. 그들은 모두 체격들이 건장했다. 나중에 알게 된 사실이지만 그들 중 가장 연장자도 채 서른을 넘지 않은 나이였다. 나는 곧 깨닫게 되었는데 그들은 아직까지도 나로 하여금 몸을 움츠리게 만드는 이야기들의 명수들이었다. 경주마, 양복점, 마차, 악명 높을 정도로 콧대가 센 계집애들의 얘기. 아무도 나의 수줍어하는 태도에 대해 가타부타 얘기하지 않았고, 나에 대해 신경조차 쓰지 않았다. 일꾼 중 한 사람이 능숙한 인내심을 가지고 굽고 있는 양고기는 우리를 길쭉한 식당방에 계속 머무르도록 만들었다. 그들은 포도주의 제조 연도에 대해 언쟁을 벌이기도 했다. 기타도 하나 있었다. 내 기억에 내 사촌이 엘리아스 레굴레스[2]가 작곡한 「폐허와 가우초」, 그리고 은어로 된 몇 곡의 데시마[3]를 불렀던 것 같다. 그 노래에 들어 있는 은어들은 그 당시 빈민가에서 쓰이던 은어였으며 주제는 후닌 거리에 있는 한 집에서 벌어진 단도 결투에 관한 것이었다. 커피와 잎담배가 나왔다. 아무도 집에 돌아가는 문제에 대해서는 입도 뻥긋하지 않았다. (레오폴도 루고네스[4]의 문장을 빌리자면) 나는 지나치게 늦는 게 아닌가 하여 조바심을 느꼈다. 나는 시계조차 보고 싶지 않았다. 어른들 틈에 끼여 있는 꼬마로서의 고독을 감추기 위해 나는 전혀 맛을 느끼지 못한 채 한두 잔의 술을 비워 버렸다. 우리아르테가 큰 소리로 둔칸에게 단둘이서 포카 맞장을 뜨자고 제안했다. 누군가가 그런 식으로 포카를 하면 항상 재미없는 결과가 나오니 네 사람이 하는 게임을 하는 게 어떻겠느냐며 반대 의견을 내놓았다. 둔칸은 동의했지만, 우리아르테는 내가 이해할 수 없고 이해하려고 하지도 않았던 고집을 피우며 첫 번째 방식의 게임을 계속 주장했다. 속임수와 운율, 그리고 적정한 수준의 미로로 구성되어 있는 패떼기를 가지고 시간을 보내는 게 목적인 트루코[5]를 제외하고 나는 카드놀이를 한 번도 좋아한 적이 없었다. 나는 사람들의 눈에 띄지 않게 자리에서 빠져나왔다. 어

---

2) 아르헨티나 엔트레 리오스주 출신의 작곡가.
3) 8음절 10행으로 된 시를 곡으로 바꿔 부르는 노래.
4) Leopoldo Lugones(1874~1938). 아르헨티나 출신으로 라틴 아메리카 후기 모더니즘 시대의 시인.
5) 카드놀이의 일종

린애에게 낯설고 어두운(불은 식당 방에만 켜 있었다.) 저택이란 여행자가 처음 가 보는 나라와도 같은 것이다. 나는 천천히 저택의 방들을 탐험하기 시작했다. 나는 당구대가 놓여 있는 오락실, 사각형과 마름모꼴로 되어 있는 크리스털들이 놓인 회랑, 두 개의 흔들의자, 그리고 작은 광장이 내려다보이던 창 하나를 기억한다. 나는 어둠 속에서 길을 잃었다. 세월이 흘러 아세베도인지 아세발이었는지 확실치 않은 집주인이 마침내 나를 찾아냈다. 자상함 때문인지, 아니면 수집가로서의 헛된 허영심을 만족시키고 싶어서였는지는 모르지만 그가 나를 어느 진열장으로 데리고 갔다. 불을 밝히고 나는 그 속에 들어 있는 진짜 무기들을 볼 수 있었다. 그것들은 그것을 썼던 사람들 때문에 유명해진 단도들이었다. 그는 내게 자신이 프레가미노강[6] 건너편에 농지를 소유하고 있고, 그 지방을 왔다 갔다 하면서 그것들을 수집했노라고 말했다. 그는 진열장 문을 열고, 카드에 적힌 기록을 보지도 않은 채 내게 각 무기에 얽힌 역사에 관해 들려주었다. 장소와 날짜를 제외하고 그것들의 역사는 거의 엇비슷했다. 나는 그에게 그 단도 중에 당시의 전형적인 가우초였고, 마르틴 피에로나 돈 세군도 솜브라[7]가 그 뒤를 이었던 모레이라의 것이 있는지 물었다. 그는 없다고 고백할 수밖에 없었지만 U자형 칼끝을 가진 그와 비슷한 것은 보여 줄 수 있다고 말했다. 그때 잔뜩 화가 난 음성들이 들려왔다. 그는 즉시 진열실의 문을 닫았고, 나는 그의 뒤를 따랐다.

---

6) 부에노스 아이레스에 있는 작은 강.
7) 아르헨티나 작가 리카르도 구이랄데스의 소설 『세군도 솜브라 씨』에 나오는 주인공 가우초의 이름.

우리아르테가 상대가 속임수를 썼다고 고래고래 고함을 질렀다. 다른 사람들은 선 채로 그들 주변을 에워싸고 있었다. 내 기억에 둔칸은 다른 사람들보다 키가 컸고, 씩씩하고, 어깨가 당당하고, 무표정하고, 거의 흰색에 가까운 금발머리를 가지고 있었다. 마네코 우리아르테는 민첩하고, 피부가 검고, 약간 천박하고, 뾰족하고 숱이 적은 콧수염을 기르고 있었다. 모두가 술에 취한 것은 확실했다. 방바닥에 두어 개의 술병이 굴러다니고 있었는지, 아니면 영화를 너무 많이 본 탓으로 잘못된 기억이 남아 있는 것인지는 알 수 없다. 우리아르테는 신랄하고 이미 추잡하게 변해 버린 욕설을 그치지 않았다. 둔칸은 그 소리에 귀를 기울이지 않는 것 같았다. 그러나 마침내 넌더리가 난 듯 몸을 일으켜 세웠고, 그에게 주먹 한 방을 먹였다. 방바닥에 넘어진 채로 우리아르테가 이 모욕을 참을 수 없다고 소리치고, 한 판 붙자고 그를 윽박지르기 시작했다.

둔칸은 그러고 싶지 않다면서 그 이유를 덧붙였다.

"자네를 친 것은 내가 자네에게 두려움을 느꼈기 때문이야."

모두가 너털웃음을 터뜨렸다.

이미 몸을 일으켜 세운 우리아르테가 대꾸했다.

"나는 너와 한판 붙겠어. 그것도 지금 당장."

누군가가, 신이여 그를 용서하기를, 무기가 없다는 사실을 지적했다.

나는 누가 진열장을 열었는지 모른다. 마네코 우리아르테는 칼끝이 U자로 되어 있는 가장 멋있고 긴 단도를 골랐다. 반면에 둔칸은 거의 무심코 손잡이가 나무로 되어 있고, 칼날에 작은 나무 모양이 새겨져 있는 단도를 택했다. 누군가가 마네코가 단도 대신 검을 고른 것은 매우 그다운 행동이라고 말했다. 아무도 그 순간 그의 손이 떨렸다는 것에 놀라워하지 않았다. 모든 사람에게 놀라웠던 같은 일이 둔칸에게도 일어났다.

전통에 따르면 칼싸움을 벌이려는 사람들은 자신들이 있던 집을 욕되게 하지 않기 위해 밖으로 나가야 한다. 반쯤은 장난으로, 반쯤은 심각한 모습으로 우리는 습기가 눅눅한 밖으로 나왔다. 나는 포도주가 아닌 긴장감에 취해 있었다. 나는 나중에 사람들에게 들려주고, 그리고 머릿속에 기억해 두기 위해 둘 중의 한 사람이 상대를 죽이기 바랐다. 아마 그 순간 다른 사람들 또한 나만큼이나 그런 어린애 같은 생각을 하고 있었으리라. 또한 나는 도무지 어찌할 수 없는 회오리바람이 우리를 끌고 가 그 속에 파묻어 버린 듯한 느낌이 들었다. 나는 마네코의 비난이 근거가 있다고는 생각하지 않았다. 모두가 그것을 포도주 때문에 일어난 오래된 경쟁심의 결과라고 이해하는 것 같았다.

우리는 광장을 뒤로한 채 나무들 사이로 걸어갔다. 우리아르테와 둔칸이 앞장섰다. 나는 그들이 마치 뭔가 급작스러운 일이 일어날 것처럼 서로를 경계하며 걷는 게 이상스럽게 느껴졌다. 우리는 어느 잔디밭의 가장자리에 이르렀다. 둔칸이 잔잔한 권위가 담긴 음성으로 말했다.

"이 자리가 좋을 것 같군."

두 사람이 멈칫거리면서 잔디밭의 한가운데에 섰다. 누군가가 그들에게 소리쳤다.

"이제 그 거추장스러운 폼은 벗어던져 버리고 진짜 한번 붙어들 보시지."

그러나 그들은 이미 싸움을 시작하고 있었다. 처음에 그들은 마치 상처를 입는 게 두려운 듯 굼뜨게 싸움을 벌였다. 그들은 상대의 칼을 눈에서 놓치지 않았다. 그러나 얼마 후 그들이 보는 것은 상대의 눈으로 바뀌었다. 우리아르테는 이미 자신의 분노에 대해 잊고 있었다. 한편 둔칸은 자신의 냉철함과 조소를 잊고 있었다. 위험이 그들을 바꾸어 놓고 있었던 것이다. 그들은 이제 더 이상 두 청년이 아닌 두 남자였다. 나는 그런 유의 싸움은 칼들의 난무일 거라고 짐작했다. 그러나 나는 마치 장기를 구경할 때처럼 그것의 움직임을 뒤쫓을 수, 아니 거의 뒤쫓을 수 있었다. 내가 여러 해 동안 그때 보았던 것에 대한 흥분을 식히지 못하고 생생하게 기억하게 되었으리라는 것은 자명한 일이다. 얼마 동안 그 싸움이 계속되었는지는 기억나지 않는다. 왜냐하면 일반적인 시간의 숫자에 얽매이지 않는 그런 사건들이 있기 때문이다.

그들은 방어용으로 쓰는 판초도 없이 팔등으로 서로의 공격을 막아 내고 있었다. 곧 갈가리 찢긴 소매가 피로 검붉게 물들어 갔다. 나는 우리가 그들이 그런 식의 칼 쓰기에 대해 무지할 거라고 생각했던 게 얼마나 잘못이었는지 깨달았다. 내가 그들의 칼을 다루는 방식이 서로 다르다는 것을 간파하는 데는 오랜 시간이 걸리지 않았다. 무기는 서로 짝이 맞지 않았다. 날이 짧은 칼을 가진 불리함을 극복하기 위해 둔칸은 상대방에게 되도록 가깝게 접근하려고 했다. 반면에 우리아르테는 길고 낮게 칼질을 하기 위해 자꾸 뒤로 물러섰다. 진열장을 보여 주었던 사람이 소리쳤다.

"저러다가 죽이겠어. 말려야 된다고."

그러나 아무도 끼어들려고 하지 않았다. 우리아르테가 균형을 잃어 가고 있었다. 그러자 둔칸이 그를 덮쳤다. 거의 두 사람의 몸이 서로 맞부딪힐 정도까지 접근했다. 우리아르테의 칼이 둔칸의 얼굴을 노리고 있었다. 잠시 그의 칼이 우리에게 훨씬 짧게 모습을 드러냈다. 왜냐하면 그것이 상대의 가슴에 가 박혔기 때문이었다. 둔칸이 잔디밭 위에 축 늘어졌다. 그가 아주 낮은 목소리로 중얼거렸다.

"이상하군. 모든 게 마치 꿈만 같아."

그는 눈을 감지도, 움직이지도 않았다. 그리고 나는 한 사람이 한 사람을 죽이는 것을 보게 된 것이었다.

마네코 우리아르테가 망자 앞에 무릎을 꿇고 용서를 빌었다. 거짓이 섞여 있지 않은 흐느낌. 그는 자신이 예상했던 것 이상의 일을 저질러 버린 것이었다. 지금 나는 그가 자신이 죄보다는 무의미한 행동을 저질렀다는 것에 더욱 죄책감을 느꼈으리라는 것을 안다.

나는 더 이상 그 광경을 보고 싶지 않았다. 내가 열광했던 것은 이미 일어났고, 그것은 나를 몹시 혼란스럽게 만들었다. 나중에 라피누르에게서 들은 바에 따르면 사람들이 둔칸의 손에서 무기를 빼내려고 몹시 애를 먹었다고 한다. 모의가 벌어졌다. 그들은 가능한 한 적게 거짓말을 하고, 단도가 아닌 검으로 벌인 결투로 위장하기로 결론을 내렸다. 그중에는 아세발도 끼어 있었는데 네 사람이 증인을 자청했다. 모든 게 부에노스 아이레스에서 잘 처리될 터였다. 왜냐하면 항상 누군가는 누군가의 친구이기 때문에.

마호가니 탁자 위에는 영국제 트럼프와 지폐가 어지럽게 흩어져 있었다. 아무도 그것을 흘끗거리거나 손대려고 하지 않았다.

그 후 몇 년 동안 나는 여러 차례 친구에게 그 일을 털어놓을까 말까 망설였다. 그러나 항상 나는 그것을 말하는 것보다 비밀을 간직하는 자가 되는 게 더 쾌감을 준다는 사실을 깨닫곤 했다.

1929년경 우연한 대화가 나로 하여금 불현듯 그 긴 침묵을 깨뜨리게 만들었다. 은퇴한 경관인 호세 올라베 씨가 내게 레티로[8]의 빈민가에 살던 칼잡이들의 삶에 대해 들려주었기 때문이었다. 그는 그런 치들은 상대에게 암수를 쓰는 것 같은 그 어떤 비열한 짓도 할 수 있고, 포데스타[9]의 연극이나 구티에레스[10] 소설의 가우초들이 등장하기 전까지는 토착민식 결투는 거의 없었다고 말하는 게 아닌가.[11] 나는 내가 그런 식의 결투를 목격한 사람 중 하나였다는 사실을 말했고, 그에게 오래전에 일어났던 그 사건의 전말에 대해 들려주었다.

그는 직업적인 태도로 내 말을 경청한 다음 말했다.

"우리아르테와 그 상대가 전에 한번도 칼을 써 본 적이 없었다고? 아마도 시골에서 휴가를 보내면서 한두 가지 배웠는지도 모르지."

"아니요." 나는 그에게 대답했다. "그날 밤에 있었던 사람들은 서로 잘 아는 사이였고, 그 때문에 아연실색했던 거요."

올라베가 마치 머릿속에서 큰 소리로 고함을 치며 생각하는 듯 천천히 말했다.

---

8) 아르헨티나의 전설적인 가우초.
9) 아르헨티나에서 뛰어난 서커스 배우들을 배출한 가문으로 유명하다. 그들이 자주 공연했던 작품에는 전설적인 가우초 모레이라에 관한 연극도 포함되어 있다. 주로 1800년대 후반에 활동했다.
10) 에두아르도 구티에레스(Eduardo Gutiérez, 1853~1890). 아르헨티나의 소설가. 모레이라의 일생을 다룬 소설로 유명하다.
11) 그런 정당한 결투를 했던 가우초들이란 소설이나 연극에 나오는 미화된 인물이라는 뜻이다.

"칼끝이 U자형으로 된 단도라. 명성이 자자했던 그런 모양의 단도가 두 개 있었지. 하나는 모레이라의 것이고, 다른 하나는 타팔켄[12] 근처에 살았던 후안 알마다의 것이었어."

무엇인가가 내 기억 속에서 깨어났다. 올라베가 말을 이어 갔다.

"자네 말로 다른 하나는 작은 나무 모양이 새겨진, 칼자루가 나무로 된 단도라고 했나. 그런 모양의 무기는 수도 없이 많지. 하지만 그중 하나가……."

그가 잠시 멈추었다가 다시 말을 이어 갔다.

"아세베도 씨가 페르가미노 근처에 거대한 농장을 가지고 있었다고 했나. 확실히 지난 세기 말 그 지역에는 또 다른 유명한 칼잡이 하나가 돌아다니고 있었지. 후안 알만사. 그는 열네 살의 나이에 자행한 첫 번째 살인 때부터 그런 모양의 짧은 단도를 썼어. 왜냐하면 그 칼이 그에게 행운을 안겨 주었기 때문이지. 후안 알만사와 후안 알마다는 서로를 시샘했지. 이유는 사람들이 그들을 혼동했기 때문이었어. 두 사람은 오랫동안 서로를 찾아다녔지만 결코 만나지를 못했지. 후안 알만사는 선거 운동 기간에 유탄에 맞아 숨졌어. 후안 알마다는 내 기억에 라스플로레스[13]의 병원에서 자연사했고."

그날 밤 그는 더 이상 어떤 말도 하지 않았다. 우리는 생각에 잠겼다.

이미 세상을 떠난 아홉 또는 열 명의 사람이 내 눈으로 직접 목격했던 그 싸움을 보았다. 몸에 난 자상과 하늘 아래 누워 있던

---

12) 부에노스 아이레스의 서남쪽에 있는 지역.
13) 부에노스 아이레스 외곽과 인접해 있는 마을.

몸뚱이. 그러나 그들이 본 것은 그보다 오래전에 시작되었던 또 다른 이야기의 끝이었다. 마네코 우리아르테는 둔칸을 죽이지 않았다. 싸운 것은 사람들이 아닌 무기였다. 그것들은 사람들의 손이 자신들을 흔들어 깨울 때까지 한 진열장에서 나란히 잠을 자고 있었다. 아마 그것들은 깨어났을 때 몸을 움찔거렸을지도 모른다. 그래서 우리아르테의 손이 떨렸던 것이리라. 그래서 둔칸의 손이 떨렸던 것이리라. 그 둘은 싸우는 방법을 알았다. 기구들이 아닌 두 사람들 말이다. 그리고 그날 밤 그 둘은 멋지게 싸웠다. 그들은 긴 시골길들을 따라 서로를 찾아다녔고, 이미 가우초가 먼지가 되어 이 세상에서 사라져 버린 뒤에야 서로를 발견한 것이었다. 그들의 무기 속에서는 인간적 원한이 잠든 채로 기다리고 있었던 것이다.

물건은 인간보다 오래간다. 이야기가 여기서 끝날지 누가 장담할 수 있으며, 그들이 서로 다시 만나게 될지 누가 알랴.

후안 무라냐

여러 해 동안 나는 사람들에게 내가 팔레르모[1]에서 자랐다고 말해 왔다. 나는 이제 그게 순전히 문학적 으스댐에 불과했다는 것을 깨닫게 되었다. 사실 나는 기다란 나무 울타리로 둘러싸인 정원과, 아버지와 조상들의 서재가 딸린 집에서 자랐다. 단도와 기타 들이 횡행하던 팔레르모는(사람들은 그렇게 말한다.) 무수한 골목들로 엉켜 있었다. 1930년 나는 가수이며 도시 변두리의 삶에 대한 예찬자였던 우리의 이웃 카리에고[2]를 연구하며 시간을 보

---

1) 부에노스 아이레스에 있는 동네.
2) 에바리스토 카리에고(Evaristo Carriego, 1883~1912). 아르헨티나의 민요 시인이자 이야기꾼. 그의 시나 이야기 주제는 주로 자신이 살던 동네 팔레르모였다. 보르헤스는 아버지의 친구였던 그를 어릴 때부터 알고 있었다. 보르헤스는 1930년 그의 전기인 『에바리스토 카리에고』를 간행했다.

냈다. 그로부터 얼마 되지 않아 나는 우연히 에밀리오 트라파니와 만나게 되었다. 그때 나는 모론을 향해 가고 있었다. 차창 쪽에 앉아 있던 그가 내 이름을 입에 올렸다. 그를 알아보기까지는 한참의 시간이 필요했다. 테임스가에 있는 학교에서 우리가 급우로지내던 때로부터 많은 시간이 흘렀기 때문이었다. 또 다른 급우였던 로베르토 고델은 아마 그를 기억할 것이다.

우리는 친했던 적이 없었다. 시간과, 또한 상호 무관심이 서로를 갈라놓았다. 이제 기억이 나는데 그가 내게 당시의 일상 은어들을 가르쳐 주었던 것 같다. 우리는 재미있는 얘깃거리가 없나 기억을 더듬다가 이제는 이름만 남아 있는 한 동급생의 죽음에 관한 기억을 떠올리게 되었다.

"우연히 자네가 카리에고에 관해 쓴 책을 빌려 보게 된 거야. 거기서 자네는 계속 악당들에 관해 이야기를 하더군. 보르헤스, 말해 보게. 자네 악당들에 대해 뭘 알고 있나?."

그가 놀랍다는 듯한 얼굴로 나를 응시하면서 물었다.

"연구를 좀 했지."

나는 대답했다.

그가 나의 말을 가로막으며 말했다.

"연구라는 것은 그저 언어에 불과한 거지. 내게는 자료 같은 게 필요가 없어. 왜냐하면 나는 그런 사람들을 속속들이 알고 있으니까 말이야."

그가 무슨 비밀이나 들려주듯 한참의 침묵 끝에 말했다.

"내가 바로 후안 무라냐의 조카야."

1900년대 초 팔레르모를 누비던 칼잡이들 중 사람들의 입에 가장 많이 오르내리던 이가 바로 무라냐였잖은가. 트라파니가 계속 말을 이어 갔다.

"나의 이모였던 플로렌티나가 그의 부인이었지. 자네라면 그 이야기에 흥미를 느낄 것 같은데."

몇몇 수사학적 강조와 긴 문장들은 그가 언젠가 이 이야기를 들려주었던 게 아닌가 하는 생각이 들게 했다.

"내 어머니는 항상 자신의 여동생이 후안 무라냐와 함께 사는 것에 대해 못마땅해했지. 어머니에게는 그가 포악무도한 사람이었을지 모르지만 플로렌티나 이모에게는 정말 남자다운 그런 사람이었어. 내 이모부의 활약상에 관해서는 수많은 일화들이 있지. 어느 날 밤 이모부가 술에 취해 마차를 몰고 코로넬가의 모퉁이를 돌다가 마부석에서 떨어져 돌에 머리를 부딪혀 죽었다고 하는 사람도 있지. 또한 경찰이 뒤를 쫓자 우루과이로 도망갔다고 하는 사람도 있고. 자신의 제부를 결코 참을 수 없었던 어머니는 그에 대한 얘기를 내게 해 준 적이 없었지. 그때 나는 어렸기 때문에 그에 대한 기억도 남아 있지 않고.

독립 100주년 기념해인 1910년 우리는 러셀가[3]의 골목에 있는 길고 좁다란 집에서 살고 있었어. 항상 열쇠가 잠겨 있는 집 안쪽의 문은 산살바도르가[4]를 향해 있었지. 다락방에는 이미 나이가 들고 이상한 모습이 된 나의 이모가 살고 있었고. 그녀는 비쩍 마르고 뼈가 앙상했고, 아니 내게 그렇게 보였는지 모르지만, 아주 키가 컸고, 거의 입을 열지 않는 편이었지. 이모는 바깥 세상을 두려워해서 방 밖으로 거의 나오지 않았어. 그리고 우리가 자기 방

---

3) 팔레르모에 있는 거리.
4) 팔레르모에 있는 거리.

에 들어가는 것도 싫어했지. 나는 여러 차례 음식을 훔쳐 숨겨 놓는 것으로 이모를 골탕 먹이곤 했어. 동네 사람들은 무라냐의 죽음 또는 행방불명이 이모를 넋 나가게 했다고 말하곤 했지. 내 기억에 이모는 항상 검은 옷을 입고 있었어. 그리고 혼자 중얼거리는 습관이 있었지.

그 집의 소유주는 바라카스[5]에 있는 이발소 주인인 루체시 씨라는 사람이었지. 재봉 솜씨가 형편없었던 어머니는 험난한 나날을 보내고 있었어. 나는 이해할 수 없었지만 비밀스러운 단어들을 듣곤 했지. 법원 서기, 몰수, 집세를 지불하지 않는 것에 따른 퇴거 등등. 내 어머니는 몹시 비탄스러운 상태에 빠져 있었던 거야. 이모는 고집스럽게 되풀이해 말하곤 했지. 후안 무라냐가 그 외국 놈이 우리를 내쫓는 걸 결코 가만두지 않을 거라고. 이모는 남편의 용기에 대해 의심을 갖도록 만들었던 무례한 한 남부인의 경우—우리가 단지 기억으로만 알고 있는—를 예로 들곤 했지. 이모부는 그것에 대해 알자마자 도시의 다른 쪽 끝으로 가서 그를 찾았고, 그와 칼싸움을 했고, 그리고 그를 리아추엘로 샛강[6]에 내던져 버렸다는 거야. 나로서는 그 이야기가 사실인지 아닌지는 확인할 길이 없었어. 중요한 것은 사람들이 그렇게 말하고, 또 그렇게 믿는다는 사실이지.

나는 세라노가[7]의 공터에서 잠을 자거나, 구걸을 하거나, 복숭아를 광주리에 담아 팔곤 하는 나 자신을 봐야 할 지경에 이르게

---

5) 부에노스 아이레스 남쪽 지역에 있는 동네.
6) 부에노스 아이레스 남쪽에 위치한 샛강.
7) 팔레르모에 있는 거리.

됐지. 나는 길에서 몸을 팔까도 생각했어. 그것이 나를 학교로부터 해방시켜 줄지도 모른다고 생각했거든.

그 고통의 시간이 얼마나 지속되었는지는 잘 기억나지 않아. 하루는 돌아가신 자네 부친이 마치 센타보나 페소[8]를 가지고 돈을 세는 것처럼 날짜를 가지고 시간을 셀 수는 없는 거라고 말씀해 주셨지. 왜냐하면 페소는 똑같은 것들이지만 하루하루, 아니 매 시간은 서로가 다르기 때문이라고. 나는 네 아버님이 말씀하신 것을 잘 이해하지 못했지만 그것을 머릿속에 새겨 두었어.

그러던 어느 날 밤, 나는 악몽으로 끝난 어떤 꿈을 꾸게 되었어. 내 이모부 후안의 꿈을 꾸게 되었던 거야. 나는 이모부를 자세히 알지 못했지만 그를 인디언 같은 모습에, 건장하고, 숱이 적은 콧수염에 길게 늘어뜨린 머리를 가진 사람으로 상상하고 있었지. 우리는 거대한 채석장과 무성한 잡초들을 가로질러 남쪽을 향해 가고 있었어. 하지만 그 채석장과 잡초는 또한 테임스 거리이기도 했어. 꿈속에서 해는 중천에 떠 있었어. 후안 이모부는 검은 옷을 입고 있었지. 그가 고갯마루의 전망대 근처에서 걸음을 멈추더군. 그는 윗도리의 가슴 근처께에 손을 집어넣고 있었어. 단도를 꺼내려고 하는 순간이 아닌 그것을 숨기는 것 같은 자세로 말이야. 그가 아주 슬픈 목소리로 내게 말하더군. 나는 아주 많이 변했단다. 그가 손을 끄집어냈을 때 내가 본 것은 콘도르[9]의 발톱이었어. 나는 어둠 속에서 비명을 지르며 잠에서 깨어났지.

다음 날 어머니가 루체시의 집으로 나를 데리고 가셨어. 그에

---

8) 센타보와 페소는 둘 다 화폐 단위이다.
9) 거대한 남미산 까마귀의 일종.

게 방세 내는 날을 연장해 달라고 부탁할 심산이었지. 어머니가 나를 데려간 것은 빚쟁이로 하여금 자신이 참혹한 지경에 빠져 있음을 깨닫도록 하기 위함이었어. 어머니는 이모에게 아무 말도 안 했지. 왜냐하면 이모는 그런 식으로 자신을 낮추는 것에 결코 동의하지 않았을 테니까. 나는 전에 한 번도 바라카스에 가 본 적이 없었어. 그곳에는 사람과 마차는 더 많은 반면, 미개간지는 보다 적은 것 같았어. 모퉁이에서 우리는 우리가 찾던 집 주소 앞에 경찰관들과 군중들이 모여 있는 것을 보았어. 이웃 사람들이 삼삼오오 모여 새벽 3시경 시끄러운 소리 때문에 잠을 깼다고 수군거리고 있더군. 누군가가 그 집의 문을 두드리고 안으로 들어가는 소리를 들었다나. 그렇게 열린 문을 닫은 사람은 아무도 없었고. 새벽 무렵 사람들이 옷도 제대로 입지 못한 채 현관에 쓰러져 있는 루체시를 발견했지. 칼로 난도질이 된 채로. 그는 혼자 살고 있었지. 따라서 경찰은 범인이 누구인지 알아낼 길이 없었어. 훔쳐 간 물건은 아무것도 없었어. 누군가가 고인이 최근에는 거의 장님과 다를 바 없었다고 말했을 거야. 다른 어떤 사람이 엄숙한 목소리로 말하더군. '그의 때가 온 거지 뭐.' 그의 말과 어조는 내게 무척 인상적이었어. 시간이 지나면서 나는 어떤 사람이 죽을 때마다 그런 깨달음에 이르는 사람이 있다는 것을 발견하곤 했지.

　장례를 준비하던 사람들이 우리에게 커피를 가져다주었고, 나는 한 잔을 마셨지. 관 속에는 죽은 사람 대신 납인형 같은 게 들어 있었어. 나는 어머니에게 그렇게 말했지. 장례를 준비하던 사람 중의 하나가 깔깔대고 웃더군. 그러면서 이 검은 옷을 입은 사람이 바로 루체시 씨라고 확인해 주었어. 나는 넋을 잃은 채 시체를 바라보았지. 어머니가 내 팔을 낚아채 끌고 가야 할 정도였어.

몇 달 동안 사람들은 그 얘기 말고는 다른 얘기는 하지 않았지. 그 당시는 범죄가 드물었거든. 멜레나, 캄파바, 그리고 시예테로 사건이 일어났을 때의 소동을 기억해 봐. 부에노스 아이레스 전체에서 유일하게 머리카락 하나 까딱하지 않은 사람은 플로렌티나 이모였지. 그녀는 노인네 특유의 완강한 고집을 부리며 되풀이해 말하더군.

'내가 그 외국 놈이 우리를 쫓아내도록 후안이 가만있지 않을 거라고 진작 말했잖아.'

비가 억수같이 쏟아진 어느 날이었어. 나는 학교에 갈 수 없었기 때문에 집 안에서 어슬렁거리고 있었지. 그러다가 문득 다락방에 올라간 거야. 이모가 두 손을 모은 채 앉아 있더군. 나는 그녀가 아무런 생각도 하고 있지 않다는 것을 느꼈어. 방에서는 눅눅한 냄새가 진동을 했어. 구석에는 쇠기둥에 묵주가 걸려 있는 철제 침대가 하나 놓여 있었고 다른 한쪽 구석에는 옷을 담는 나무장이 하나 있었지. 빛바랜 벽에는 성모상이 하나 걸려 있었어. 작은 탁자 위에는 촛대가 놓여 있었고.

눈길을 들지도 않은 채 이모가 내게 말하더군.

'나는 네 녀석이 뭣 때문에 이곳에 온 줄 안다. 네 엄마가 너를 보낸 거지. 네 엄마는 아직도 우리를 살린 사람이 후안이란 것을 깨닫지 못하고 있는 것 같아.'

'후안이라뇨?' 나는 단도직입적으로 말했지. '후안 이모부가 돌아가신 지 벌써 십 년이 넘었잖아요.'

'후안은 여기에 있어.' 그녀가 말하는 거야. '그를 보고 싶니?'

그녀가 탁자의 서랍을 열더니 단도를 꺼내는 것 아니겠어.

그녀가 부드러운 어조를 얘기를 이어 가더군.

'여기 그가 있잖니. 나는 그가 나를 결코 버리지 않으리라는 걸 알고 있었어. 이 세상을 통틀어서 후안 같은 사람은 한 사람도 없어. 그는 그 외국 놈이 비명을 지를 틈조차 주지 않았지.'

그제서야 나는 깨달았던 거야. 그 정신 나간 가련한 노파가 바로 루체시를 살해한 장본인이라는 것을. 증오, 광기, 그리고 누가 알아, 혹 사랑의 감정에 휩쓸려 남쪽으로 뚫려 있는 문을 슬며시 빠져나갔고, 한밤중의 거리들을 가로질렀고, 마침내 그 집에 도착했고, 그리고 그 뼈가 앙상한 거대한 손으로 단도를 쑤셔 넣은 거지. 단도는 무라냐, 바로 그녀가 계속 그렇게나 숭배하던 그 고인이었지.

나는 이모가 그 이야기를 내 어머니에게 들려주셨는지 확인하지는 못했어. 이모는 우리가 그 집에서 쫓겨나기 직전에 돌아가셨으니까."

그 뒤로 다시 만나지 못하게 된 트라파니의 이야기는 여기서 끝난다. 홀로 과부가 된 채 자신의 남편, 자신의 우상을 그가 자신에게 남긴 그 잔인한 물건, 그의 활약상이 담겨 있는 그 무기와 혼동했던 여자의 이야기 속에서 나는 하나의 상징, 아니 많은 상징들을 보았다고 생각한다. 후안 무라냐는 어린 시절 내가 걸어다녔던 길을 지나다녔고, 사람들이라면 알고 있을 것들에 대해 알고 있었고, 죽음을 맛보았고, 그 뒤 단도가 되었고, 이제 기억 속에서 하나의 한 단도가 되었고, 내일은 망각, 우리 모두를 기다리고 있는 망각으로 변할 그런 사람이었다.

노부인

1941년 1월 14일은 마리아 후스티나 루비오 데 하우레기 여사가 100살이 되는 날이었다. 그녀는 독립 전쟁 투사들의 딸들 중 유일하게 지금까지 살아 있는 여자였다.

그녀의 아버지인 마리아노 루비오 대령은 편견 없이 말해 혁혁한 전과를 올린 것은 아닌 그런 독립 투사였다. 메르세드 교구(敎區)에서 지방 지주의 아들로 태어난 그는 안데스 군단[1]에서 소위로 진급했고, 차코부코 전투, 칸차 라야다의 패전,[2] 마이푸 전

---

1) 1817년 1월, 아르헨티나의 서쪽에 위치한 멘도사라는 지방에서 안데스산맥을 가로질러 칠레로 넘어갔던 산마르틴 장군의 군대를 가리킨다. 약 4000명으로 구성된 이 군대는 안데스산맥을 넘은 뒤 차코부코에서 스페인 왕당파 군대를 격파했다.
2) 차코부코의 전투에 이어 1818년 3월 19일 이곳에서 벌어진 전투에서 독립군인 안데스 군단이 패배해 다시 칠레의 독립이 불투명해진다.

투,³⁾ 이어 이 년 후에는 아레키파 전투⁴⁾에 참가했다. 아레키파 전투가 벌어지기 전날 밤 그는 동료였던 호세 데 올라바리아⁵⁾와 서로 검을 바꾸었다고 한다. 1823년 3월 초, 그 유명한 '세로 알토'⁶⁾ 전투가 벌어졌다. 그런데 그 전투는 계곡 사이에서 벌어졌기 때문에 또한 자주 '세로 베르메호'⁷⁾ 전투라고 불리기도 한다. 항상 우리의 영광에 질투심을 느끼는 베네수엘라 사람들은 이 승리를 시몬 볼리바르 장군⁸⁾의 공적으로 돌렸다. 그러나 공평무사한 연구가와 아르헨티나 역사가 들은 속임수에 넘어가지 않고, 월계관은 마리아노 루비오 대령에게 돌아가야 한다는 것을 잘 알고 있다. 그는 콜롬비아 기마병들로 구성된 한 연대의 지휘관으로서 그 유명한 아이아쿠초 전투⁹⁾의 초석이 된 이 전투에서 칼과 창만

---

3) 1818년 4월 5일 칠레의 수도 산티아고에서 10마일 정도 떨어진 이곳 마이푸의 전투에서 다시 왕당파 군대를 물리친다. 마침내 칠레의 독립이 확정된다.

4) 페루의 남쪽에 위치한 도시의 이름으로 1822년 8월에 수크레 장군이 이끄는 독립군과 왕당파 군대 사이에 전투가 벌어졌다.

5) 호세 발렌티 데 올리바리아(José Valentí de Olavarrí, 1801~1845). 아르헨티나 장군으로 안데스 군단에 합류, 독립 전쟁에 참여했다. 그는 차코부코, 칸차 라야다, 마이푸, 아레키파의 전투에 참가했다.

6) '높은 언덕'이라는 뜻.

7) '핏빛 언덕'이라는 뜻.

8) Simón Bolivar(1783~1830). 베네수엘라 출신 남아메리카 독립의 영웅으로 베네수엘라와 콜롬비아를 독립시키고 1821년 그란 콜롬비아 연합국의 대통령으로 피선되었다. 이후 그의 부하인 수크레 장군의 도움으로 에콰도르와 페루를 독립시켰다.

9) 1824년 12월 9일 페루의 이곳에서 벌어진 전투. 이 전투에서 독립군이 승

을 가지고 전황을 뒤바꿔 놓았다. 그는 아이아쿠초 전투에서 부상을 입었다. 1827년에는 알베아르[10]의 직접적인 명령을 받고 이투자잉고[11]에서 용맹스럽게 싸웠다. 그는 로사스와 친척이었음에도 불구하고 라바예의 진영에 참가했고,[12] 그가 늘 결투라고 불렀던 한 전투에서 '몬토네로스'[13]를 퇴각시켰다. 그는 중앙 집권주의자들이 패배하자 우루과이로 망명해 그곳에서 결혼했다. 그는 게라 그란데[14]가 벌어지는 동안 오리베[15]의 블랑코 당원들에 의해 포위되었던 몬테비데오[16] 광장에서 세상을 떠났다. 그때 그의 나이

리함으로써 마침내 페루의 독립이 확정되었다.
10) 카를로스 마리 알베아르(Carlos Marí Alvear, 1789~1852). 아르헨티나의 장군으로 독립 전쟁에 참여했고, 브라질과의 이투자잉고 전투에 지휘관으로 참여했다.
11) 1827년 2월 20일에 브라질과 아르헨티나·우루과이 연합군 사이에 벌어진 전투. 브라질이 패배했다.
12) 후안 마누엘 데 로사스(Juan Manuel de Rosas, 1793~1877). 1835년에서 1852년까지 철권 통치로 아르헨티나를 지배했던 독재자. 그는 소위 연방주의자의 우두머리이다. 반대로 후안 갈로 데 라바예(Juan Galo de Lavalle, 1797~1841)는 독립 전쟁과 브라질과의 전쟁에서 싸웠던 국민적 영웅으로 '연방주의'에 반한 '중앙 집권주의'의 지도자였다.
13) '말 탄 군대'라는 뜻. 가우초들로 구성되어 중앙 집권주의자들에 반해 무장 투쟁을 했던 연방주의자 게릴라들.
14) '대전쟁'이라는 뜻. 우루과이에서 1843년부터 1856년까지 블랑코 당원들과 콜로라도 당원들 사이에 벌어졌던 전쟁.
15) 마누엘 오리베(Manuel Oribe, 1792~1856). 우루과이의 정치 지도자로 블랑코 당의 당수였던 사람.
16) 우루과이의 수도.

마흔네 살이었고 거의 늙은이가 다 되어 있었다. 그는 플로렌시오 바렐라[17]의 친구였다. 무관 학교의 교수들이 그를 유급시켰다는 것은 매우 근거 있는 이야기다. 왜냐하면 그는 실전 과목은 모두 통과했지만 강의 과목은 단 한 과목도 시험에 통과하지 못했기 때문이다. 그는 두 딸을 낳았는데 그중 하나가 작은딸인 마리아 후스티나로서 그녀가 바로 우리가 관심을 갖고자 하는 대상이다.

1853년 말, 대령의 미망인과 두 딸은 부에노스 아이레스로 돌아왔다. 그들은 독재자에 의해 몰수당했던 농장을 돌려받지 못했다. 그러나 그들이 단 한 번도 보지 못했던 그 거대한 땅은 여전히 그들의 기억 속에 남아 있었다. 열일곱 살이 되던 해에 마리아 후스티나는 베르나르도 하우레기 박사와 결혼했다. 그는 민간인이었음에도 불구하고 파본,[18] 그리고 세페다 전투[19]에서 싸웠고, 황열병이 몰아닥쳤을 때[20] 의사로서 방역 활동을 하다가 사망했다. 그는 아들 하나와 딸 둘을 남겼다. 장남인 마리아노는 세무 감독관이었다. 그는 끝내기는커녕 시작조차 하지 못했던 방대하기 그지없는 영웅의 전기를 쓸 목적으로 국립 도서관에 자주 나타나곤 했다. 큰딸 마리아 엘비라는 재무성에 근무하는 사아베드라라고 하는 사촌과 결혼했다. 작은딸인 훌리아는 비록 성은 이태리식이

---

17) Florencio Varela(1807~1848). 아르헨티나의 작가이자 시인. 중앙 집권주의자로서 로사스 정권이 들어서자 몬테비데오로 망명했다.
18) 1861년 9월 17일 우르키사가 지휘하는 연방주의 군대와 미트레가 지휘하는 부에노스 아이레스 분리주의자 사이에 벌어진 전투.
19) 1859년 10월 23일 우르키사의 군대가 미트레의 군대를 격파했던 전투.
20) 1870년 처음으로 부에노스 아이레스에 환자가 나타나기 시작해 1871년 여름까지 창궐, 1만 3000여 명의 희생자를 냈다.

지만 라틴어 교수이자 학식이 뛰어났던 몰리나리 씨와 결혼했다. 손자들과 증손자들에 대한 언급은 생략하겠다. 왜냐하면 이것만으로도 독자들은 그 가족이 비록 쇠락한 삶을 살았지만 명예로운 가문이며, 영웅의 그림자와 망명 도중에 태어난 딸이 거느려 왔던 가족이라는 것을 머릿속에 충분히 그릴 수 있을 것이기 때문이다.

그들은 팔레르모의 과달루페 교회로부터 그리 떨어지지 않은 곳에서 검소하게 살았다. '라 그란 나시오날'[21] 전차에 타고 있던 장남 마리아노에게는 가장자리에 함석이 아닌 칠을 칠하지 않은 벽돌로 된 농가들이 줄줄이 늘어서 있던 늪이 바라보이기도 했다. 과거의 가난은 공장이 제공한 오늘의 가난보다 훨씬 덜했다. 물론 옛날에는 행운 또한 지금보다 훨씬 적었다.

루비오 씨네 집은 동네의 한 잡화상 건물 꼭대기에 있었다. 계단은 좁았다. 오른쪽으로 난 베란다는 어둠침침한 현관의 한 귀퉁이까지 뻗어 있었다. 응접실에는 옷걸이 하나와 의자 몇 개가 놓여 있었다. 현관은 비단 장식의 가구들이 놓인 응접실과, 응접실은 마호가니 가구와 진열장이 있는 식당 방과 연결되었다. 햇빛이 들지 않도록 항상 닫혀 있는 쇠로 된 격자창으로 희미한 빛살이 새어 들었다. 나는 오래 묵혀 둔 것들에서 나던 그 냄새가 기억난다. 집 안쪽에는 침실들과 욕실, 세탁용 들통이 놓여 있는 작은 안마당, 그리고 하녀 방이 있었다. 집 안에 있던 책이라고는 안드라데[22]의 시집 한 권, 영웅에 관한 논문 한 편, 그에 관한 또 다른 원

---

21) 1870년 부에노스 아이레스에 세워진 전차 회사.
22) 올레가리오 빅토르 안드라데(Olegario Victor Andrade, 1839~1882). 브라질 출신의 시인.

고들, 몬타네르와 시몬이 편저한 『스페인/라틴 아메리카 사전』[23] 뿐이었다. 그 사전은 외상 물건으로, 그에 상응하는 가구로 값을 지불할 수 있었기 때문에 구입한 것이었다. 그들은 항상 늦게 도착하는 연금과, 사모라의 로마스[24]에 있는 토지 ― 전에는 거대했던 농장의 마지막 남은 땅 ― 에서 나오는 임대료로 살아갔다.

내 얘기의 무대가 되는 시절에 노부인은 이미 과부가 된 훌리아, 그리고 그녀의 아들과 함께 살고 있었다. 그녀는 여전히 아르티가스,[25] 로사스, 그리고 우르키사[26]에 대한 증오심을 간직하고 있었다. 잘 알지도 못하는 독일 사람들을 싫어하도록 만든 1차 세계 대전은 그녀에게 1890년 혁명[27]이나 세로 알토의 공격보다 피부에 와닿는 느낌이 훨씬 적었다. 1932년 이래 그녀의 정신은 하루가 다르게 희미해지고 있었다. 가장 일반적인 비유야말로 가장 최고의 비유이다. 왜냐하면 그것들만이 진실이기 때문이다. 당연

---

23) 몬타네르와 시몬이 스페인의 바르셀로나에서 편저한 사전의 이름. 모두 열여섯 권으로 되어 있다.
24) 부에노스 아이레스에 있는 한 지역.
25) 호세 게르바시오 아르티가스(José Gervasio Artigas, 1764~1850). 우루과이의 장군으로 독립 전쟁에 참여했다. 이후 연방주의 진영에 가담했다. 따라서 이 작품의 주인공인 노부인의 아버지가 중앙 집권주의자 진영에 속해 있었기 때문에 그를 미워하는 것이다.
26) 후스토 호세 우르키사(Justo José Urquiza, 1801~1870). 연방주의자로 1854년에서 1860년까지 아르헨티나의 대통령을 지냈다.
27) 1890년 후아레스 셀만 정부에 반해 일어난 반란. 주로 변호사들과 학생들로 구성된 이 혁명은 독재 정치를 펼치던 셀만 정부를 무너뜨리고 많은 정치범들을 석방하도록 만들었다. 그러나 후임자는 여전히 같은 당에서 나왔고, 정책도 마찬가지였다.

히 그녀는 가톨릭교도였다. 그렇다고 그것이 그녀가 삼위일체 하느님이나 내세를 믿는다는 의미는 아니었다. 그녀는 손으로 묵주를 돌리면서 알 수 없는 기도를 웅얼거리곤 했다. 그녀는 부활절과 주현절(主顯節)[28] 대신 크리스마스를 최고의 명절로 받아들였다. 마치 그녀가 마테 차 대신 홍차를 마시기 시작한 것처럼. 그녀에게 개신교도, 유대인, 비밀 공제 조합원, 이교도는 동일한 말이었으며, 아무런 의미도 없었다. 아직 말을 할 수 있었을 때 그녀는 자신의 조상들이 그랬던 것처럼 스페인 사람이 아닌 '고도인'이라는 말을 쓰곤 했다.[29] 1910년 그녀는 하물며 공주라는 스페인 왕녀가 기대와는 달리 아르헨티나 숙녀가 아닌 보통 갈리시아[30] 여자처럼 말한다는 것을 알고 의아심을 금치 못했다. 그녀의 집을 단 한 번도 방문한 적이 없었던 일간 신문의 사교란에 쉴 새 없이 이름을 올리는 한 부유한 친척 여자가 그녀에게 그 놀라운 소식을 전한 것은 사위의 장례식 날 밤이었다. 하우레기 여사가 사용했던 어휘들은 여전히 고어들로 구성되어 있었다. 그녀는 아르테스 거리, 템플 거리, 부엔 오르덴 거리, 피에다드 거리, 두 개의 라르가스 거리, 파르케 광장, 포르토네스 광장을 입에 올리곤 했다. 그녀의 가족들은 그녀에게는 여전히 현재를 가리키는 그런 고어들부터 영향을 받은 바가 컸다. 그래서 그들은 우루과이 사람이

---

28) 스페인어권에서 크리스마스 대신 1월 6일에 예수를 방문한 세 명의 동방박사를 기리는 날이다.
29) 고도족은 스페인 건국의 모태가 되는 종족이다.
30) 스페인 서북부의 주.

라는 말 대신 '오리엔탈'[31]이라는 말을 썼다. 그녀는 외출하는 법이 없었다. 따라서 부에노스 아이레스시가 변했거니와 커졌으리라고는 상상조차 하지 못했을 것이다. 최초의 기억이란 가장 생생한 법이다. 그녀가 방문 뒤에서 머릿속으로 그리는 부에노스 아이레스는 아마 그들 가족이 중심가에서 도시 근교로 이사해야 했던 때 이전의 것이리라. 만일 그렇다면 그녀에게는 여전히 달구지를 끄는 소들이 온세 광장에서 휴식을 취하고, 시든 오랑캐꽃들의 향기가 바라카스의 별장들을 뒤덮고 있으리라. "나는 더 이상 이미 죽은 자들 외에는 다른 꿈을 꾸지 않는다."라는 노래가 그녀가 들은 마지막 것들 중의 하나였으리라. 그녀는 바보가 아니었다. 그러나 내가 아는 한 그녀는 지적 쾌락의 혜택을 받아 본 적이 없었다. 그래서 그녀에게 남은 것은 기억, 그리고 나중에는 망각이 가져다주는 그 어떤 것들뿐이었을 것이다. 나는 그녀의 맑고 고요한 눈과 미소를 기억한다. 그녀는 항상 다정다감했다. 지금은 잃어버렸지만 한때는 얼마나 거친 열정들이 한때는 매력적이었던 이 늙은 여인에게 타올랐을지 누가 알랴. 그녀는 식물들에 대해 매우 민감했다. 그녀의 삶은 그것들의 단조롭고 고요한 삶과 거의 유사했다. 그녀는 자신의 방에서 몇 그루의 베고니아를 길렀고, 보이지 않는 그 잎사귀를 손으로 더듬어 보곤 했다. 1929년경 꿈속에 파묻혀 살던 그녀는 역사적인 사건들에 대해 들려주곤 했다. 그렇지만 마치 주기도문이나 되는 것처럼 그것들은 항상 똑같은 어휘에 똑같은 순서를 지키고 있었다. 나는 이미 그 사건들의 뒤에는 구체적인 영상들이 사라져 버리고 없을지도 모른다는 생각을 했

---

31) 우루과이 사람을 가리키는 옛말.

다. 무엇을 먹든 간에 그녀에게는 다를 바가 없었다. 결론적으로 말해 그녀는 행복했다.

모두가 아는 것처럼 잠은 우리 인생에서 가장 신비로운 어떤 것이다. 우리는 우리 삶의 3분의 1을 그것에게 바친다. 그럼에도 불구하고 우리는 그것에 대해 알지 못한다. 어떤 사람들에게 그것은 단지 깨어 있는 일식에 다름 아니다. 또 다른 어떤 사람들에게 그것은 어제와 오늘과 내일로 짜인, 보다 복잡한 상태를 의미한다. 또한 또 다른 어떤 사람들에게 잠은 끊기지 않는 꿈의 연속이다. 하우레기 여사가 고요한 혼돈 속에서 십 년을 보냈다고 말하는 것은 아마 잘못일지도 모른다. 왜냐하면 매 십 년의 순간은 전도 후도 없는 순전한 현재일 수 있기 때문이다. 우리는 낮과 밤, 수많은 달력장, 그리고 불안과 사건들을 가지고 세는 그러한 현재에 대해 놀랄 이유가 없다. 왜냐하면 그러한 현재는 우리가 무의식적으로 건너가는 매일 아침이자, 잠자기 전의 매일 밤이기 때문이다. 그렇게 우리는 매일 두 차례씩(낮과 밤에) 그 노부인처럼 되고 있는 것이다.

이미 내가 묘사한 바대로 하우레기 가족은 다소 착각 속에서 살고 있었다. 그들은 자신들이 상류 계층에 속한다고 생각했다. 그러나 상류 계층에 속한 사람들은 그것을 인정하려 들지 않았다. 그들은 독립 투사의 후손이었지만 그의 이름은 항상 역사책 속에서 누락되어 있었다. 어느 거리에 그의 이름이 붙은 것은 사실이었다. 그러나 사람들이 거의 알지 못하는 그 거리는 오에스테 공동묘지의 안쪽 깊숙이 묻혀 있었다.

그날이 다가오고 있었다. 10일, 제복을 입은 군인이 14일에 방문을 하겠다고 장관이 직접 서명한 편지를 들고 그녀의 집에 나타났다. 하우레기 여사네 가족들은 그 편지를 모든 이웃들에게 보여 주었고, 특히 발신자와 친필 서명에 대해 강조했다. 이어 그 소식에 대한 기사를 쓰려고 그들의 집에 신문 기자들이 몰려들었다. 그들은 기자들에게 가지고 있는 자료를 모두 제공했다. 그들은 결코 루비오 대령에 대해 들은 적이 없었던 게 분명했다. 거의 알지 못하는 사람들로부터 초대를 하겠다는 전화가 걸려오기도 했다.

그들은 그 역사적인 날을 위해 부지런히 준비했다. 마룻바닥에 초를 칠하고, 유리창을 닦고, 거미줄을 걷어 내고, 마호가니 가구들을 닦고, 진열장 은그릇들의 윤을 내고, 가구들의 위치를 바꾸고, 벨벳 건반 덮개가 드러나 보이도록 응접실의 피아노 뚜껑을 열어 놓았다. 많은 사람들이 집 안을 들락거렸다. 이러한 소동과 거리가 먼 사람은 하우레기 여사뿐이었다. 계속 미소만을 내보이고 있는 그녀는 왜 그러한지 전혀 이해를 하지 못하는 것 같았다. 훌리아가 마치 이미 망자나 되는 것처럼 하녀의 도움을 받아 어머니를 치장시켰다. 집 안에 들어온 방문객들이 처음 보게 될 것은 독립 투사의 초상화와, 조금 아래 오른쪽에 자리한 그가 수많은 전투에서 사용했던 검일 터였다. 그들은 가장 궁핍했던 시절에도 그것을 팔려고 하지 않았고, 그것을 역사 박물관에 기증하기로 결심하고 있었다. 매우 친절한 이웃 부인 한 사람이 그들에게 제라늄 화분 하나를 빌려주었다.

파티는 7시에 시작될 예정이었다. 그들은 파티 시간을 6시 30분으로 정해 놓았었다. 왜냐하면 그 누구도 자신이 맨 처음에 도착하는 사람이 되는 것을 좋아하지 않는다는 것을 매우 잘 알았기 때문이었다. 7시 10분이 지났건만 단 한 사람도 나타나지 않았다. 그들은 쓸쓸한 얼굴로 시간을 지키지 않는 것의 장단점에 대해 다소 초조한 음성으로 이야기를 나누었다. 시간을 잘 지키는 것을 늘 자랑스럽게 여기는 엘비라가 사람들을 기다리게 하는 것은 용서할 수 없는 무례라는 의견을 내놓았다. 훌리아는 남편의 말을 그대로 본떠 늦게 도착하는 것은 일종의 예의라는 반대 의견을 내세웠다. 만일 모든 사람들이 그렇게 하다 보면 보다 편할뿐더러 그 누구도 누군가를 재촉하지 않을 것이기 때문이었다. 7시 15분, 집 안은 사람들이 들어설 틈조차 없을 정도로 가득 메워졌다. 온 동네 사람들은 피게로아 여사의 차와 그녀의 운전사를 볼 수 있었다. 피게로아 여사는 그들을 단 한 번도 초대한 적이 없었지만 그들은 사람들이 너무 뜸하게 만나는 게 아닌가 생각하지 않도록 그녀를 열렬하게 맞아들였다. 대통령은 매우 예절 바른 신사인 자신의 비서관을 보냈고, 그는 세로 알토 전투에서 싸웠던 영웅의 딸 손을 잡게 되어 정말 영광이라는 말을 잊지 않았다. 일찍 자리를 떠야 하는 장관이 멋진 연설을 했다. 그러나 연설에는 루비오 대령보다는 산마르틴 장군의 이름이 훨씬 자주 등장했다. 노부인은 방석을 몇 개 받쳐 놓은 흔들의자에 앉아 이따금 머리를 비스듬히 기울이거나 부채를 떨어뜨리곤 했다. 저명한 몇몇 귀부인들, 즉 요인들의 귀부인들이 그녀에게 애국가를 불러 주었다. 그러나 그녀는 그것을 듣는 것 같지 않았다. 사진사들이 사람들을 예술적인 모양으로 정돈시켜 놓은 뒤 플래시를 터뜨렸다. 포르투갈산 포도주와 헤레스산 포도주가 바닥이 났다. 사람들이 여러 병의 샴페인 뚜껑을 터뜨렸다. 하우레기 여사는 단 한 마디도 입을 열지 않았다. 그녀는 이미 자신이 누구인지조차 모르는 것 같았다. 그날 밤 이후 그녀는 병석에 누웠다.

사람들이 떠나자 그녀의 가족은 식은 저녁 식사를 했다. 은은

한 향 냄새는 담배와 커피 냄새에 묻혀 사라지고 없었다.

조간 신문과 석간 신문 들은 일제히 멋들어진 거짓 기사들을 휘갈겼다. 그들은 '아르헨티나 100년 역사의 경이로운 기록 보관실'인 독립 투사의 딸이 기적적인 기억력을 가지고 있다는 과장을 서슴지 않았다. 훌리아는 그녀에게 신문들을 보여 주려고 했다. 그녀는 희미한 불빛 아래서 눈을 감은 채 계속 꼼짝 않고 누워 있었다. 열은 없었다. 의사가 그녀를 진찰했고, 전혀 문제가 없다고 말했다. 며칠 지나지 않아 그녀는 사망했다. 한 떼거리 사람들의 급습, 기이한 소동, 사진기들의 섬광, 연설, 군인들, 끝없이 자신의 손을 꼭 쥐곤 했던 손들, 샴페인을 터뜨리는 시끄러운 소리가 그녀의 종말을 재촉했던 것이리라. 아마 그녀는 도적 떼들이 몰려들어 온 것으로 생각했을는지도 모른다.

나는 세로 알토에서 죽은 사람들에 대해 생각해 보고, 말발굽 아래에서 죽어 간 아메리카 사람들과 스페인 사람들에 대해 생각해 본다.[32] 나는 페루에서 싸웠던 창기병 부대가 거둔 마지막 승리는 그로부터 한 세기가 지난 후의 한 노부인이라고 생각한다.

---

32) 스페인으로부터의 독립 전쟁에서 죽은 사람들을 가리킨다.

결투

후안 오스발도 비비아노[1]에게

만일 헨리 제임스[2] — 그가 이룬 업적이 이 이야기의 두 주인공 중 하나인 피게로아 여사를 통해 밝혀질 것이다 — 가 이 이야기를 들었다면 그냥 한 귀로 흘려보내지 않았을 것이다. 아마 이 이야기는 그로 하여금 반어법과 섬세함으로 직조되고, 복합적이고 의도적으로 모호한 대화들로 꾸며진 100페이지가 넘는 소설을 쓰게 했을 것이다. 약간의 멜로드라마적인 요소 또한 첨가했을 수 있다. 이야기의 본질은 다른 특정한 지역을 배경으로 삼는다고 해

---

1) 아르헨티나 서적 애호가 협회 회장을 지냈던 인물.
2) Henry James(1843~1916). 미국 출신으로 영국에서 작품 활동을 했던 소설가. 주요 작품으로 『로드릭 허드슨』, 『유럽 사람들』, 『과거의 감각』 등이 있다.

서 바뀌지 않았을 것이다. 예를 들어, 런던이나 보스턴 같은 곳.[3] 사건은 부에노스 아이레스에서 일어났고, 나는 그 일이 그곳에서 일어나게끔 그대로 두겠다. 나는 그 사건의 개요만을 말하는 것으로 나를 한정시키고자 한다. 왜냐하면 그 사건의 느린 전개 과정과 세속적인 배경은 나의 문학적 관습과는 거리가 멀기 때문이다. 이 이야기를 하는 것은 나로서는 다소 위험한 모험에 해당한다. 나는 독자 여러분께 내게는 사건들이 일어난 배경이나 인물들보다는 에피소드들이 더 중요하다는 사실을 주지시키고자 한다.

클라라 글렌카이른 데 피게로아는 자존심이 강하고, 키가 크고, 뻣뻣한 붉은 머리를 가진 여자였다. 그녀는 지적이기보다는 이해심이 많은 타입의 여자였다. 자신은 독창적이지 않았지만 다른 사람들, 심지어 다른 여자들의 독창성을 알아볼 줄 아는 여자였다. 그녀는 새로운 것을 좋아했다. 아마 그래서 그처럼 여행을 많이 했는지도 모른다. 그녀는 자신의 세계가 이따금 서로 연관되지 않는 의식(儀式)과 제례들의 혼합체라는 것을 알고 있었다. 그러나 그러한 의식들은 그녀를 즐겁게 해 주었고, 그녀는 그것들을 기품 있게 행하곤 했다. 그녀의 부모는 그녀가 아주 어렸을 때 그녀를 이시드로 피게로아 박사와 결혼시켰다. 그는 캐나다 대사였고, 전보와 전화의 시대에 대사관이란 케케묵은 골동품이고 불필요한 세금 낭비라고 주장하면서 그 직을 사임했다. 이러한 결정은 다른 동료들의 앙심을 샀다. 클라라는 오타와의 기후를 좋아했다. 어쨌거나 그녀는 스코틀랜드의 피를 이어받았기 때문이었다. 그녀는

---

[3] 이 말은 헨리 제임스가 유럽 문화와 아메리카 문화의 차이점을 비교하기 위해 미국의 보스턴과 런던을 그 배경으로 삼았다는 의미이다.

대사 부인으로서 해야 하는 의무들을 싫어하지 않았다. 그러나 그의 사임에 대해 불만을 표명하지도 않았다. 피게로아는 얼마 지나지 않아 세상을 떴다. 그녀는 몇 년의 방황과 마음고생 끝에 아마 친구인 마르타 피사로의 예에 자극을 받아서인지 미술에 매달리기 시작했다.

마르타 피사로는 사람들 입에, 결혼했다가 별거 중인 유명한 넬리다 사라의 여동생으로 오르내릴 만큼 별 특징이 없는 여자였다.

마르타 피사로는 문학을 대체할 수 있는 게 없을지 오래 고심하다 화필을 선택했다. 그녀는 책을 읽으며 익혔던 프랑스어로 농담을 할 수 있을 정도였다. 반면 그녀에게 스페인어는 마치 코리엔테스 지방[4]의 부인들에게 과라니어[5]가 그러한 것처럼 집 안의 집기 같은 역할을 할 뿐이었다. 그녀는 신문들을 통해 레오폴도 루고네스와 마드리드 출신 오르테가 이 가세트[6]의 글들을 접했다. 그러한 스승들이 가진 문체는 그녀로 하여금 모국어인 스페인어가 사고(思考)나 열정을 표현하기보다는 헛된 수다에 더 적합한 언어가 아닌가 하는 생각이 들게 했다.[7] 음악에 관해서 그

---

4) 아르헨티나의 지방.
5) 남미 중부 과라니족의 언어.
6) 호세 오르테가 이 가세트(José Ortega y Gasset, 1883~1955). 스페인의 철학자로 스페인에서 내전이 벌어졌을 때 아르헨티나에서 기거했다. 주요 저서로 『돈키호테에 대한 명상』, 『척추가 없는 스페인』, 『우리 시대의 주제』 등이 있다.
7) 루고네스나 오르테가 이 가세트의 글이 지나치게 화려한 수사들로 가득 차 있었기 때문에 그것을 비판하는 말이다.

녀는 연주회에 꼭 참석하곤 하는 사람이 알고 있어야 하는 것 정도는 알고 있었다. 그녀는 산루이스[8] 출신이었다. 따라서 그녀는 자신의 경력을 지방 미술관이 미래를 내다보고 사들인 후안 크리소스토모 라피누르[9]와 후안 파스쿠알 프링글레스 대령[10]의 세심한 초상화로부터 시작했다. 그녀는 자신의 그림을 지역 애국 투사들의 초상화로부터 부에노스 아이레스의 고옥들로 옮겨 갔다. 그녀는 다른 사람들이 택한 휘황찬란한 원근법 대신 평범한 색깔들로 그 고옥들의 화려하지 않은 정원들을 그렸다. 어떤 사람 — 분명코 피게로아 여사는 아니었다 — 은 그녀의 예술이 19세기 제노바파 대가들로부터 배워 온 것이라고 지적하기도 했다. 클라라 글렌카이른과 넬리다 사라(사람들에 의하면 한 차례 피게로아 박사를 좋아한 적이 있었던) 사이에는 항상 경쟁심이 도사리고 있었다. 대결은 그 두 사람 사이에 이루어졌고, 마르타는 일종의 도구였다.

알고 있는 바대로 대부분의 것들은 처음에 다른 나라에서 시작해 나중에 우리 나라로 스며들어 오게 된다. 오늘날 아주 불공평하게도 망각 속에 묻혀 있는, 논리와 언어에 대한 경멸을 드러내 보이려는 듯 스스로를 구상 또는 추상이라고 불렀던 사조가 그 수많은 예 중의 하나다. 그 사조는 마치 음악이 소리들의 고유한 세계를 창조할 수 있었듯 그것의 자매인 그림 또한 우리의 눈

---

8) 아르헨티나의 지방.

9) Juan Crisostomo Lafinur(1797~1824). 보르헤스 외증조 숙부로 시인, 철학자, 학교 교사였으며 산루이스 출신이었다.

10) Juan Pascual Pringles(1795~1831). 산루이스 출신의 군인으로 독립 전쟁 때 공적을 올렸던 국민 영웅.

에 비치는 사물의 색깔과 형태를 재현하고 있지 않은 다른 어떤 색깔과 형태를 만들어 낼 수 있으리라고 주장했다고 생각한다. 미술 비평가 리 캐플란은 부르주아들을 화나게 했던 그 사조의 그림들이 이슬람 또한 동의하는 인간의 손으로 살아 있는 생명체들의 우상을 만드는 것을 금지한 성경의 가르침을 충실히 따르고 있다고 갈파했었다. 그에 따르면 그 우상 파괴주의자들은 뒤러[11]나 렘브란트[12] 같은 이교도들에 의해 왜곡된 진짜 회화의 전통을 복원시키고 있었다.[13] 그의 이론에 반대하는 사람들은 그가 단지 융단, 만화경, 그리고 넥타이들에 영향받은 이론가일 뿐이라고 비판했다. 모든 미학적 혁명은 무책임하고 쉬운 것에 대한 유혹을 싹틔웠다. 클라라 글렌카이른은 추상화가가 되기를 선호했다. 그녀는 늘 터너[14]의 회화 양식을 신봉했었다. 그녀의 목표는 그 스승이 발굴해 놓은 무한한 광채들의 도입을 통해 추상화를 보다 풍요롭게 만드는 것이었다.[15] 그녀는 서두르지 않고 작업을 했고, 다시 그렸고, 여러 작품들을 부숴 버리기도 했다. 그리고 1954

---

11) 알브레히트 뒤러(Albrecht Durer, 1471~1528). 독일의 화가.
12) 하르먼스 판레인 렘브란트(Harmens van Rijn Rembrandt, 1606~1669). 네덜란드의 화가.
13) 뒤러나 렘브란트가 이교도들이라고 하는 것은 그들의 사실주의적 그림이 우상을 만들지 말라는 십계명을 어기고 있기 때문이다.
14) 조지프 말러드 윌리엄 터너(Joseph Mallord William Turner, 1775~1851). 영국의 풍경화가.
15) 추상화가가 되기를 원하는 그녀가 터너의 회화 기법을 신봉했다는 것은 터너의 풍경화법이 추상적인 분위기를 지니고 있었기 때문이다.

년 겨울 수이파차가[16]에 있는 한 화랑에서 템페라화의 전시회를 가졌다. 그 화랑이 주로 전시하는 작품들은 당시에 유행하던 군사 용어적 비유의 이름을 가졌던 아방가르드 작품들이었다.[17] 역설적인 사건이 하나 벌어졌다. 일반적인 평가는 우호적이었다. 그러나 추상화단의 공식 기구는 비록 구상적이지는 않지만 낙조, 밀림 또는 바다의 소요를 연상시키고, 명확한 가장자리와 선들을 포기하지 않은 그 비정상적인 양식들에 대해 비판을 가했다. 아마 가장 먼저 미소를 지었던 사람은 클라라 글렌카이른이었을 게다. 그녀는 현대적 화가가 되기를 원했다. 그러나 현대적 화가들이 그녀를 거부했다. 그녀에게는 작품을 하는 것이 성공보다 중요했고, 따라서 그녀는 작업을 계속했다. 이런 에피소드와 상관없이 미술 역시 자신의 길을 걸어가고 있었다.

이미 은밀한 대결은 시작되고 있었다. 마르타는 예술가에서 그치는 게 아니었다. 그녀는 예술의 행정적 측면이라고 해도 부당한 처사가 되지 않을 그런 종류의 일에 뜨거운 열의를 가지고 있었고, 조토[18]회라 불리는 단체의 총무직을 맡고 있었다. 1955년 중반 무렵 그녀는 이미 회원으로 가입해 있던 클라라를 새로운 임원단의 대변인 자리에 오르도록 만드는 데 성공했다. 외견상 사소한 듯 보이지만 이 사건은 분석을 필요로 한다. 마르타는 자신의 친구를 후원했었다. 그러나 비록 불가사의한 것이기는 하지만 호

---

16) 부에노스 아이레스에 있는 거리.
17) 군사적 비유란 아방가르드가 전위라는 군사 용어이기 때문이다.
18) 사실주의 화풍의 선구자였던 이탈리아 르네상스 초기의 화가 조토 디 본도네(Giotto di Bondone, 1266~1336)를 가리킨다.

의를 베푼 쪽은 호의를 받는 쪽을 능가하는 법이다.

1960년 '국제적 수준에 이른 두 화가' — 이런 췌언적 용어의 사용을 용서하시길 — 를 놓고 누구에게 1등 상을 주어야 하는지에 대한 논쟁이 벌어졌다. 후보자 중 나이가 많은 사람은 스칸디나비아적 지고함을 가지고 엄숙한 유화 물감을 무시무시한 가우초들의 형상화에 바쳤던 사람이었다. 그보다 상당히 젊은 그의 경쟁자는 잘 조립된 무질서의 회화를 통해 스캔들과 찬탄을 일으켰던 화가였다. 반세기를 요령 있게 잘 피해 나갔던 위원회는 사람들이 자신들을 케케묵은 기준의 사람들이라고 비난할까 봐 두려워 내심으로는 원치 않으면서도 후자 쪽을 택하는 것으로 기울어져 있었다. 처음에는 진지하게, 나중에는 넌더리를 내며 지리한 토론을 거듭했으면서도 그들은 합의에 이르지 못했다. 세 번째 토론에서 누군가가 말했다.

"내 생각에 B는 형편없는 것 같아. 사실 그는 피게로아 여사만큼도 못 되는 것 같아."

"선생께서는 할 수만 있다면 그녀에게 투표할 생각이오?"

다른 위원이 비아냥거리는 투로 물었다.

"나 같으면 그러겠소."

이미 화가 치밀어 있던 첫 번째 위원이 대답했다.

그날 저녁 상은 만창일치로 클라라 글렌카이른 데 피게로아 여사에게로 돌아갔다. 그녀는 흠집 없는 도덕성을 가진 기품 있고, 사람들로부터 사랑받는 여자였으며, 늘 파티를 열어 가장 고가의 잡지들이 앞다투어 필라르에 있는 그녀의 별장에서 그녀의 사진을 찍곤 했다. 마르타가 그녀를 위한 축하 만찬을 열어 주었다. 클라라는 그녀에게 축하 파티를 열어 준 것에 대해 짧지만 적절한 몇 마디 말로 감사의 인사를 했다. 전통적인 것과 새로운 것, 질서와 실험 사이에 충돌은 없으며, 전통은 실험의 세속화를 통해 이루어진다는. 전시회에는 많은 수의 회원들, 거의 대부분의 심사위원들, 그리고 상당수 화가들이 참석했다.

우리 모두는 스스로의 삶이 아주 형편없고, 그보다는 다른 이들의 삶이 훨씬 낫다고 생각하곤 한다. 가우초와, 호라스의 시 "그는 행복하다……"[19]에 대한 경외에는 자연에 대한 도시인들의 향수가 짙게 깔려 있다. 권태로운 일상에 몹시 지쳐 있던 클라라 글렌카이른과 마르타는 예술가들, 예술품들의 창조에 자신의 삶을 바쳤던 사람들의 세계를 그리워했다. 천국에 있는 '지복을 얻은 사람'들은 천국이란 게 그곳에 한 번도 와 본 적 없는 신학자들에 의해 지나치게 과장되어 있다는 견해를 피력하리라 나는 생각한다. 아마 지옥에 있는, 신에게 버림받은 사람들 또한 늘 행복하지만은 않을 것처럼 말이다.

그로부터 몇 년 후 카르타헤나시[20]에서 제1차 라틴 아메리카 조형 미술 국제 대회가 열렸다. 각 나라에서 대표들이 파견되었다. 그 대회의 주제들 — 췌언적인 용어를 쓴 것을 용서하라 — 은 격렬한 흥미를 유발하는 것들이었다. 예술가는 토착적인 것으로부터 자유로울 수 있을까? 예술가는 지역의 생태계를 무시하거나 도외시할 수 있는 걸까? 예술가는 사회적 성향을 띤 문제들

---

19) "그는 행복하다……"로 시작하는 호라스의 시는 전원의 삶을 예찬한다. 보르헤스가 도시적 삶에 물들어 있는 사람들에게 전원에 대한 향수를 말하기 위해 인유한 것이다.
20) 콜롬비아에 있는 도시.

에 대해 무감각해도 되는 걸까? 미국의 제국주의에 대항해 싸우는 사람들의 외침에 자신의 목소리를 첨가시킬 수는 없는 걸까? 등등. 캐나다의 대사로 부임하기 전 피게로아 박사는 카르타헤나에서 외교관직을 수행한 적이 있었다. 1등 상의 수상으로 한껏 우쭐해진 클라라 글렌카이른 데 피게로아로서는 이제 예술가의 신분으로 그곳에 되돌아가 보고 싶은 생각이 굴뚝같았으리라. 그러나 그녀의 그러한 바람은 수포로 돌아갔다. 왜냐하면 정부가 마르타 피사로를 대표로 임명했기 때문이었다. (비록 항상 설득력이 있었던 것은 아니었지만) 부에노스 아이레스 특파원들의 공정한 증언에 따르면 그녀가 그 대회에서 벌인 활동은 (항상 온당해 보이는 것은 아니었지만) 상당수의 경우 찬탄받을 만한 것이었다.

    인생은 하나의 열정을 요구한다. 두 여자는 그것을 그림, 아니 보다 정확히 말해 그림이 자신들에게 부과한 서로 간의 관계에서 발견했다. 클라라 글렌카이른은 마르타를 이기기 위해, 아니 다른 관점에서 본다면 그녀를 위해 그림을 그렸다. 그녀들은 각자가 경쟁 상대의 재판관이자 유일한 관객이었다. 내 생각에 나는 이제 아무도 눈을 돌리지 않는 그녀들의 그림 속에서 그들이 당연히 서로에게 끼친 영향을 발견했던 것 같다. 클라라의 황혼빛은 마르타 피사로의 정원을 파고들 길을 발견했고, 마르타가 선호했던 직선은 후기 클라라의 화려한 그림을 단순화시키는 데 기여했다. 그 두 사람은 서로를 좋아했고, 그런 은밀한 대결의 과정 중에도 그들은 서로의 우정을 금가게 하지 않았다.

    이미 혼기를 넘긴 시기에 마르타에게 청혼이 들어왔다. 그러나 그녀는 그것을 거절했다. 왜냐하면 그녀가 관심을 가졌던 것은 오직 클라라와의 대결뿐이었기 때문이었다.

1974년 2월 2일, 클라라 글렌카이른이 동맥류로 사망했다. 신문들이 앞다투어 긴 부고 기사를 실었다. 부고란은 아직도 우리 나라에서 필수 불가결한 난이고, 그 난에서 여성은 한 사람의 개인이 아닌 여성 전체의 표본처럼 다루어진다. 신문들은 그녀의 미술을 향한 열정과 품위 있고 고상한 취향에 대한 부풀린 평가에 더해 그녀의 신앙, 거의 익명으로 끊임없이 기부한 자선 행위, 애국적인 혈통―글렌카이른 장군은 브라질과의 전쟁에 참여했다―, 그리고 화단의 상층부에서 그녀가 점하고 있던 두드러진 위상에 대해 격찬을 아끼지 않았다. 마르타는 이제 자신의 삶이 무의미해져 버렸다는 것을 깨달았다. 그녀에게 삶이 그처럼 허망하게 느껴진 적은 없었다. 그녀는 이제는 아득하기만 한 초기의 열정들을 돌이켜 보았다. 그녀는 클라라와 자신이 한때 예찬해 마지않았던 그 영국의 스승들이 썼던 기법에 따라 그린 평이한 클라라의 초상화를 국립 화랑에 전시했다. 누군가는 그것을 그녀의 최고 걸작으로 평가했다. 그녀는 이제 더 이상 그림을 그리지 않을 것이었다.

오직 주위의 가까운 사람들만이 눈치챌 수 있었던 그 미묘한 대결에는 패자도 승자도, 충돌, 심지어 내가 존경심을 가지고 그리고자 했던 것 외에는 눈에 띄는 그러한 대결의 낌새조차 없었다. 오직 하느님(어떤 미적 선호도를 가지고 있는지 우리가 알지 못하는)만이 누군가에게 마지막 승리의 월계관을 내려 주리라. 어두운 그늘 속에서 전개되었던 그 이야기는 마찬가지로 어두운 그늘 속에서 끝난 것이었다.

또 다른 결투

 소설가의 아들인 카를로스 레이레스[1]가 어느 여름날 저녁에 아르도게[2]에서 그 이야기를 들려준 것은 오래전의 일이다. 나의 기억 속에서는 증오의 기나긴 역사와 그것의 비극적 종말이 유카리 나무의 약초 냄새와 새들의 지저귐과 한데 뒤섞여 있다.
 늘 그랬듯 그날도 우리는 우리의 두 나라, 우루과이와 아르헨티나 사이에 뒤얽혀 있는 역사에 대해 이야기하고 있었다. 그는 내게 용기와 재치, 그리고 무뢰한으로서 명성을 얻었던 후안 파트

---

1) 여기서 소설가의 아들 카를로스 레이레스란 카를로스 클라우디오 레이레스 구티에레스(1868~1938)의 아들을 가리킨다. 그의 아버지는 우루과이 출신 소설가였다.
2) 부에노스 아이레스 교외에 있는 도시. 보르헤스의 가족들이 자주 여름 휴가를 보냈던 곳으로 보르헤스의 여러 작품에 등장한다.

리시오 놀란에 대한 소문을 들은 적이 있을 거라고 뻐겼다. 나는 거짓말로 그렇다고 대답했다. 놀란은 이미 1890년경에 사망한 사람이었다. 그럼에도 불구하고 사람들은 마치 친구 생각을 하듯 계속 그를 생각하곤 했다. 물론 항상 없을 수가 없는 그에 대한 험담가들 또한 있었다. 카를로스는 내게 그가 저지른 수많은 지독스러운 장난들 중의 하나에 대해 들려주었다. 사건은 마난티알레스 전투가 벌어지기 직전에 일어났다. 사건의 주인공들은 세로 라르고[3])에 살던 두 가우초, 마누엘 카르도소와 카르멘 실베이라였다.

어떻게, 그리고 왜 그들 사이의 원한은 깊어졌던 것일까? 어떻게 이미 한 세기가 지났는데 마지막 결투로 인해 얻은 명성 외에는 다른 특징이 없었던 그 두 사람의 잊힌 이야기를 복원시킬 수 있을까? 레이레스 아버지가 고용했던 관리인은 이름이 라데레차라는 사람으로서 호랑이 콧수염을 가지고 있었다. 그는 사람들의 입을 통해 그 사건에 얽힌 몇 가지 상세한 내용들을 알고 있었다. 나는 망각과 기억이란 창조의 산물이기 때문에 지금 큰 확신 없이 그 이야기를 글로 옮겨 볼까 한다.

마누엘 카르도소와 카르멘 실베이라의 농장은 서로 인접해 있었다. 인간 감정의 시작이 모두 그러하듯, 증오의 첫 싹 또한 늘 명확하지 않은 게 다반사다. 그러나 사람들은 낙인이 찍혀 있지 않은 소들의 소유권 문제 때문에, 또는 보다 힘이 셌던 실베이라가 카르도소의 말을 경주장 밖으로 밀쳐 버렸던 자유 참가 경마 대회 때문에 시작되었다고 말한다. 몇 달 후 마을의 주점에서 30점 내기 일대일 당구 게임이 벌어졌다. 실베이라는 자신의 라이벌에

---

3) 우루과이의 한 지역으로 브라질과의 국경 근처에 있다.

게 거의 매 경기마다 축하의 박수를 보낼 수밖에 없었다. 결국 그는 땡전 한 푼 없이 가지고 있던 돈을 모두 잃고 말았다. 카르도소가 딴 돈을 돈주머니 속에 담자 실베이라는 아무쪼록 많이 가르쳐 줘서 고맙다고 이를 갈며 말했다. 아마 내 생각에 그들은 그때 거의 주먹다짐까지 벌일 지경에 이르러 있었다. 게임은 아주 격렬했다. 따라서 그들을 빙 둘러싸고 있던 구경꾼들이 그들을 떼어 놓지 않으면 안 될 정도였다. 그 시대에 그런 거친 지역들에서 사내와 사내가 맞닥뜨리고 무기와 무기가 맞닥뜨리는 것은 매우 흔한 일이었다. 그들에 관한 특이한 또 다른 소문은 카르도소와 카르멘 실베이라가 해거름과 새벽에 서로 한 차례 이상 산등성이에서 서로 스쳐 지나간 적은 있으나 그 마지막 날이 되기 전까지는 결코 싸움을 벌인 적이 없다고 들려주고 있다. 아마 그들의 가난한 삶이 증오 외에는 다른 재산을 갖지 못하도록 만들었고, 그래서 그들의 삶은 그것을 쌓아 갔던 것이리라. 그들은 스스로 의식하지 못한 채 각기 상대방의 노예로 변해 버린 것이었다.

나는 더 이상 내가 앞으로 얘기하려는 사건들이 결과인지 원인인지 기억하지 못한다. 카르도소가 사랑 때문이라기보다는 권태 때문에 세르빌리아나라고 하는 이웃 처녀에게 집적거렸다. 당연히 실베이라가 그것을 알아차리지 못할 리 없었고, 갖은 방법으로 그녀를 꼬드겨 자신의 집으로 데려갔다. 몇 달 후 싫증을 느낀 그는 그녀를 내쫓아 버렸다. 원한에 사무친 그녀는 카르도소의 집에서 피난처를 찾으려고 했다. 하지만 그는 그녀와 하룻밤을 보낸 뒤 다음 날 정오에 내쫓아 버렸다. 자신의 경쟁 상대가 먹다 버린 찌꺼기나 거두기를 원치 않았기 때문이다.

세르빌리아나의 사건 이전인지 이후인지는 알 수 없으나 양 치는 개의 사건이 벌어진 것 또한 그 무렵이었다. 실베이라는 그 개를 몹시 아꼈고, 그에게 '트레인타 이 트레스(33)'[4]라는 이름까지 붙여 주었다. 어느 날 그는 도랑에서 죽어 있는 자신의 개를 발견하게 되었다. 실베이라는 자신의 개를 누가 독살했는지 알아내기만 하면 죽여 버리겠다고 이를 부득부득 갈았다.

  1870년 겨울, 그들은 그때 당구 게임을 했던 그 주막에서 아파리시오 혁명[5]과 마주쳤다. 한 무리 말 탄 반란군들의 선두에 선 거무튀튀한 브라질 사람이 그곳에 모여 있던 사람들에게 일장 연설을 했다. 그는 그들에게 조국이 그들을 필요로 하고, 이제 정부의 압제는 인내의 한계를 넘어섰다고 침을 튀겼다. 그는 그들에게 하얀 리본들을 나누어 주었다. 그는 그렇게 그들이 도무지 이해할 수 없었던 연설을 마친 다음 모두를 밖으로 끌고 나왔다. 그들에게는 가족들에게 작별 인사를 하는 것조차 허락되지 않았다. 마누엘 카르도소와 카르멘 실베이라는 운명을 받아들일 수밖에 없었다. 군인으로서의 삶이 가우초로서의 삶보다 힘들지는 않았다. 마구 위에서 노숙하는 것은 전에도 이미 해 보았던 일들이었다. 사람을 죽이는 일은 동물을 죽이는 데 이력이 난 그들에게 그다지 힘든 일이 아니었다. 그들은 상상력이 부족했기 때문에 두려움이나 동정심을 느낄 수 없었다. 혁명의 과업에 처음 참여했을 때는

---

  4) 여기서 숫자 33은 중요한 의미를 갖는다. 왜냐하면 1825년 라바예하를 지도자로 해 33인의 영웅이 브라질로부터 우루과이를 독립시키기 위해 거사를 일으켜 성공했기 때문이다.
  5) 1870년과 1872년 사이 우루과이 블랑코 당원이었던 티모테오 아파리시오가 로렌소 바트예 대통령 정부에 일으켰던 내란을 가리킨다.

가끔 두려움이 엄습했지만 말이다. 말의 등자와 무기가 떨리는 소리는 기마병들이 전투를 개시할 때 항상 들려오는 소리 중의 하나였다. 최초의 전투에서 상처를 입지 않은 사람은 자신이 불사신이라고 믿게 된다. 그들은 고향을 그리워하지 않았다. 조국이라는 개념은 그들에게 아주 머나먼 것이었기 때문이다. 모자에 한쪽 편의 휘장을 달고 있었지만 이쪽 편이나 저쪽 편이나 그들에게는 다르지 않았다. 그들은 전진과 후퇴를 되풀이하는 과정에서 인간이 창으로 무엇을 할 수 있는지를 배우게 되었고, 동료로 함께 남아 있음으로 인해서 동시에 서로 계속 경쟁 상대의 관계를 지속할 수 있다는 것을 깨달았다. 그들은 어깨를 나란히 하고 싸우면서도 우리가 아는 한, 서로 단 한마디의 말도 나누지 않았다.

고통스러웠던 1871년 가을이 그들에게 끝을 가져다줄 예정이었다.

한 시간도 걸리지 않았던 이 전투는 이름이 알려지지 않은 어떤 장소에서 일어났다. 이름이란 항상 후에 역사가들에 의해 붙여진다. 전투가 벌어지기 전날 밤 카르도소는 대장의 천막을 방문했다. 그는 대장에게 숨죽인 목소리로, 만일 다음 날 전투에서 이기면 콜로라도 당원[6] 하나를 자기에게 넘겨달라고 청했다. 그때까지 한 번도 사람의 목을 잘라 본 적이 없기 때문에 그 기분이 어떤지 알고 싶다는 것이었다. 대장이 만일 자네가 남자처럼 싸운다면 그렇게 해 주겠다고 약조했다.

블랑코 당원들은 숫자가 많았다. 그러나 상대는 보다 나은 무

---

6) 이야기의 주인공들이 가담한 블랑코 당과 적대 관계에 있는 당의 이름으로 이 양당이 당시 우루과이의 양대 정당이었다.

기로 무장하고 있었고, 언덕의 높은 곳에서 일당십의 숫자로 그들을 죽이고 있었다. 언덕의 꼭대기를 점령하려는 두 차례 공격에서 실패한 뒤 대장이 극심한 부상을 입은 채 항복했다. 그 자신의 요구에 따라 그는 그 자리에서 목이 잘렸다.

블랑코 당원들은 무기를 내려놓았다. 콜로라도 당원들을 지휘하던 후안 파트리시오 놀란 대위가 아주 굼뜬 동작으로 익히 알려진 방식의 죄수 처형식을 거행하라고 지시했다. 그는 세로 라르고 출신이었고, 따라서 실베이라와 카르도소의 오랜 원한에 대해 알고 있었다. 그는 부하들에게 그들을 찾아오라고 시켰다. 그리고 이렇게 말했다.

"나는 너희가 서로를 증오하고, 오랫동안 그것을 해결할 기회를 찾고 있었다는 것을 알고 있어. 이제 내가 너희에게 기쁜 소식을 전하지. 해가 지기 전 너희 둘은 누가 더 남자다운지 보여 줄 기회를 갖게 될 거야. 나는 너희를 세워 놓은 채 목을 쳐 죽일 거고, 그런 다음 너희는 달리기 경주를 하게 될 거야. 하느님은 이미 누가 이길지 아시겠지."

그들을 데려왔던 군인이 다시 그들을 데려갔다.

그 소식은 곧 막사 전체에 퍼졌다. 놀란은 그 달리기를 오후의 축하연 폐막 경기로 열기로 결정했다. 그러나 포로들이 대표를 보내 그들 또한 그 경주를 보고 둘 중의 한 사람을 두고 내기를 하고 싶다고 요청했다. 놀란은 합리적인 사람이라 그 요청을 받아들였다. 그들은 돈, 마구, 칼과 창, 말을 걸고 내기를 걸었고, 그것들은 때가 되면 그들의 과부들과 일가친척들에게 전달될 것이었다. 더위는 극심했다. 모두가 충분히 시에스타를 즐길 수 있도록 달리기는 4시로 연기되었다. 놀란은 라틴 아메리카의 관습대로 사람들을 한 시간쯤 기다리게 했다.(그들이 실베이라를 기억하는 데는 한참 시간이 걸렸다.) 놀란이 다른 장교들과 승리에 관해 이야기를 나누고 있는지 그의 부관이 찻주전자를 들고 부산하게 왔다 갔다 했다.

막사 앞 흙길의 양쪽 편에는 말썽이 일어나지 않도록 등 뒤로 손이 묶인 포로들이 줄지어 땅바닥에 주저앉아 경기가 시작되기를 기다렸다. 그들 중 몇 명은 욕설을 내뱉었고, 어떤 사람은 주기도문의 첫 대목을 외웠는데 대부분이 멍한 표정을 짓고 있었다. 당연히 그들은 담배를 피울 수 없었다. 그들은 이미 달리기에 흥미를 잃었지만 모두 무심하게 그쪽으로 시선을 집중하고 있었다.

"저들이 내 목도 칠 텐데."

누군가가 부러운 듯 말했다.

"물론이지. 그렇지만 모두 한꺼번에 치는 거지."

근처에 있던 사람이 이죽거렸다.

"자네라고 뭐 별다를 게 있나."

그가 되받았다.

하사관 하나가 검으로 길에 선을 그었다. 그들은 실베이라와 카르도소가 자유롭게 달리도록 하기 위해 손목의 밧줄을 풀어주었다. 두 사람 사이에는 약 4미터 정도 간격이 있었다. 그들이 출발선에 발을 가져갔다. 몇몇 장교들이 그들에게 당신들에게 기대를 걸고 있고, 사람들이 내기로 건 돈이 수북하게 쌓여 있으니까 실수하지 말라고 부탁했다.

실베이라의 형 집행을 맡게 될 사람은 흑인 놀란으로 결정되었다. 왜냐하면 그의 조상들이 놀란 대위 가문의 하인들이었고, 따라서 놀란이라는 성을 가지고 있었기 때문이었다. 카르도소에게는 정식 사형 집행관이 배당되었다. 코리엔테주 출신의 그 나이 든 정식 사형 집행인은 사형수의 마음을 달래 주기 위해 어깨를 툭툭 치면서 이렇게 말하곤 했다.
"힘 내게, 친구. 아기 낳을 때 여자들은 더하니까."
상체를 앞으로 내민 채 초조한 얼굴을 하고 있는 그들은 전혀 서로를 쳐다보지 않았다.
놀란이 신호를 내렸다.
사람들의 시선이 자신에게 집중되어 있다는 것에 우쭐해진 그 깜둥이 놀란은 너무 과욕을 부렸고, 그래서 이쪽 귀로부터 저쪽 귀까지 커다란 상처를 냈다. 반면 코리엔테 출신 그 사형 집행인의 경우는 한 가닥의 가느다란 칼자국으로도 충분했다. 그들의 목에서 피가 쏟아져 나오기 시작했다. 그들이 앞으로 몇 발짝 내디디려다 풀썩 앞으로 쓰러졌다. 카르도소가 넘어지면서 팔을 앞으로 내밀었다. 그가 이겼지만 그는 자신이 이겼다는 것을 끝내 알지 못했을 것이다.

과야킬[1)]

나는 플라시도만[2)]의 바닷물에 비친 이게로타산[3)] 정상을 보지 못할 것이고, 나는 옥시덴탈주[4)]에도 가지 않을 것이고, 그 도서관에 소장되어 있는 볼리바르 장군[5)]의 육필 원고들에 대한 진위 여부도 판독하지 않을 것이다. 그 도서관은 확실히 나름의 형상과 나름의 길게 늘어뜨려진 그림자들을 가지고 있을 것이고, 나는 부에노스 아이레스에서 그것을 여러 가지 방식으로 상상해 보

---

1) 에콰도르의 가장 큰 도시로 태평양에 면한 항구 도시.
2) 조지프 콘래드의 소설 『노스트로모』에 나오는 만의 이름으로 허구의 지명.
3) 마찬가지로 콘래드의 같은 소설에 나오는 허구의 산맥 코스타구아나 산맥의 가장 높은 봉우리 이름.
4) 마찬가지로 같은 소설에 나오는 허구의 주 이름.
5) 라틴 아메리카 독립을 위해 스페인군과 맞서 싸운 영웅.

고 있다.

 나는 이어 쓰게 될 글의 예비 단락인 위의 글을 다시 읽어 보고, 그리고 그것이 가진 멜랑콜리하면서도 동시에 화사한 문체에 놀라고 만다. 아마 그 누구도, 비록 멀리 떨어진 곳에 산다 할지라도 카리브해에 위치한 그 나라[6]와 관련하여 역사상 가장 유명했던 역사학자 호세 코르제오프스키 대위[7]의 기념비적인 문체를 상기하지 않고서는 그 나라에 대해 말할 수 없을 것이다. 하지만 내 경우에는 다른 이유가 있다. 내가 이런 서두를 쓰게 된 것은 약간은 고통스러웠고, 한편으로는 사소하다고 해야 할 그 사건에 감상적인 어조를 삽입시키고 싶었던 은밀한 의도 때문이리라. 나는 무슨 일이 일어났는지 성의를 다해 들려주려고 한다. 그렇게 하면 그 사건을 이해하는 데 도움이 되지 않을까 싶기 때문이다. 게다가 어떤 사건을 고백한다는 것은 그 사건의 행위자로서의 위치를 떠나 목격자, 즉 그것을 보고 나서 들려주는, 이제는 그 사건의 당사자가 아닌 다른 어떤 사람이 되는 것을 뜻한다.

 사건은 지난 금요일, 내가 지금 이 글을 쓰는 이 방에서, 그리고 이제는 조금 더 쌀쌀해지기는 했지만 같은 저녁 시간에 일어났다. 나는 인간들이라는 게 불쾌한 일들은 잊고 싶어 한다는 것을 알기 때문에 망각이 자세한 기억을 지워 버리기 전에 코르도바 대학의 에드워드 치머만 박사와 나누었던 대화를 글로 옮기려 하는 것이다. 아직까지는 그때의 기억을 생생하게 간직하고 있다.

 사람들의 이해를 돕기 위해 나는 볼리바르 장군이 쓴 그 몇 통

---

6) 에콰도르를 가리킨다.
7) 조지프 콘래드의 폴란드식 원래 이름.

의 편지에 얽힌 흥미로운 일화들을 상기시켜야 할 것이다. 그 편지들은 아베야노스 박사[8]의 원고 가운데에서 발견되었다. 그의 저서 『무정부 상태의 50년 역사』는 우리가 잘 아는 그런 상황 속에서 유실되었다가 그의 손자인 리카르도 아베야노스 박사에 의해 발견되어 1939년에 출간되었다. 내가 여러 통로를 통해 수집한 자료들을 근거로 판단해 볼 때 이 편지들은 카르타헤나에서 1822년 8월 13일에 쓴 편지를 제외하고 그다지 흥미를 불러일으킬 만한 것들이 아니다. 라틴 아메리카의 해방자였던 볼리바르 장군은 바로 그 편지에 아르헨티나의 국민적 영웅인 산마르틴 장군과의 그 유명한 만남에 관해 상세히 정황을 기록해 놓았다. 비록 부분일지라도 볼리바르 장군이 과야킬에서 일어났던 일에 대해 적고 있는 이 문서의 가치에 대해서는 왈가왈부할 필요가 없을 것이다. 관료주의에 대해 완강한 혐오감을 가지고 있던 리카르도 아베야노스 박사는 그 편지를 자국의 '역사학회'에 제출하지 않았다. 대신 그는 그 사실을 여러 라틴 아메리카 국가들에게 알렸다. 우리의 대사인 멜라사 박사의 경탄할 만한 선견지명에 힘입어, 관심을 끌지 못했던 그 편지를 가장 먼저 출판하기로 결정한 곳은 아르헨티나 정부였다. 정부는 출판의 사전 준비 작업으로 옥시덴탈주의 수도인 술라코[9]에 사신을 보내 그 편지들을 복사하기로 결정했다. 내가 라틴 아메리카 역사학과의 학과장으로 있는 우리 대학의 총장은 매우 자상하게도 교육부 장관에게 그 일을 맡을 사람으로 나를 추천했다. 더불어 나는 내가 회원으로 있는 '국가 역사

---

8) 콘래드의 소설 『노스트로모』에 나오는 작중 인물.
9) 콘래드의 소설 『노스트로모』에 나오는 허구의 지명.

학회'로부터 거의 만장일치에 가까운 찬성표를 얻었다. 추측건대 그러한 결정에 대해 전혀 알지 못했던 것 같은 엘 수르 대학교에서 치머만 박사의 이름을 천거했다는 것을 알았을 때는 이미 나와 교육부 장관의 면담 일자가 잡혀 있던 뒤였다.

아마 독자들이 알고 있을지도 모르지만 그는 독일의 나치 정권에 의해 추방되어 지금은 아르헨티나 시민이 된 독일 출신 역사학자였다. 의심할 바 없이 주목할 만한 그의 작품들 중 나는 오직 카르타고의 유대인 공화국 — 후세들은 이 공화국에 대해 그들의 적이었던 로마 역사가들의 관점에서 판단하는데 — 에 대한 옹호, 그리고 정부는 가시적이어서도 감정적이어서도 안 된다는 견해를 담고 있는 일종의 논쟁적인 에세이 한 편을 대략 들춰 보았을 뿐이다. 이 제안은 마르틴 하이데거의 반박할 길 없는 논박을 일으켰다. 하이데거는 신문의 헤드라인을 인용하면서 익명의 존재가 돼야 하는 것과는 거리가 먼 현대 국가의 수장은 오히려 주인공, 그리스 시대의 연극 제작자, 화려한 모든 무대 장식과 함께 주저함 없이 웅변술의 과장법에 호소해 가며 백성들의 드라마를 연출하는 춤추는 다윗왕처럼 되어야 한다는 것을 증명해 보였다. 그는 유대인이라는 말을 자제하기 위해 히브리인이라는 말로서 치머만의 혈통을 지적해 보였다. 존경받는 실존주의자의 그러한 기고는 우리의 손님인 그의 추방과 떠돌이 삶의 즉각적인 원인이 되었다.

두말할 필요도 없이 치머만은 장관과 얘기를 나누기 위해 부에노스 아이레스에 온 것이었다. 따라서 장관은 개별적으로 비서를 통해 내게 두 대학 간의 불협화음을 피하기 위해 내가 치머만을 만나 상황이 정확하게 어떻게 전개되어 가고 있는지를 알려 주는 게 어떻겠냐는 제안을 해 왔다. 나는 당연히 동의했다. 집에 도착한 나는 치머만 박사가 그날 밤 6시에 나를 방문하겠다고 알리는 전화를 걸어왔다는 전갈을 들었다. 모두가 아다시피 나는 칠레가에 살고 있다. 정각 6시에 대문의 초인종이 울렸다.

나는 공화주의자적인 단순한 판단 속에서 직접 문을 열었고, 그를 나의 개인 서재로 안내했다. 그가 나의 뒤를 따라오다가 문득 걸음을 멈추고 정원을 바라보았다. 희고 검은 포석들, 두 그루의 목련, 그리고 연못이 그로 하여금 다변이 되도록 만들었음에 틀림없으리라. 그때 그가 약간 초조한 기색이었던 것 같은 기억이 난다. 그의 모습에서 특별히 주목할 만한 것은 없었다. 그는 사십 세쯤 된 듯했고, 두상이 약간 큰 사람이었다. 그의 눈은 침침한 안경 렌즈에 가려 있었다. 인사를 나누면서 나는 흐뭇한 심정으로 내 키가 더 크다는 사실을 깨달았는데 금세 그러한 흡족감에 대해 수치심을 느꼈다. 왜냐하면 우리의 만남이 육체적 또는 심지어 도덕적 대결이 아닌 단순히 내가 제반 상황을 설명하기 위해 마련된 것이었기 때문이다. 나는 관찰력이 거의, 아니 전혀 없는 사람이다. 그럼에도 나는 어떤 시인이 했던 말 그대로 추한 그의 '촌스럽고 울긋불긋한 옷차림'이 생각난다. 심지어 단추와 주머니들이 수없이 주렁주렁 달려 있던 그의 짙은 파란색 옷까지 눈에 선하나. 그의 넥타이가 두 개의 플라스틱 장식 핀으로 눌러 놓은, 마술사들이 흔히 쓰는 그런 끈이었다는 게 내 눈에 띄지 않을 리 없었다. 그는 수많은 자료들이 가득 차 있을 가죽 서류철을 소지하고 있었다. 그는 짧은 군대식 콧수염을 기르고 있었다. 대화를 나누는 동안 그는 담배 한 개비를 꺼내 불을 붙였고, 나는 그의 얼굴에 지나치게 많은 것들이 깃들어 있다는 것을 깨달았다. 나는 프랑스어로 "아주 복잡한 타입의 사람이군." 하고 중얼거렸다.

계속 얘기를 하다 보면 우리는 어쩔 수 없이 말하고자 하는 것을 과장하게 된다. 왜냐하면 각각의 단어는 페이지 속에서 하나의 공간, 그리고 읽는 사람의 정신 속에서 한순간을 점하게 되기 때문이다. 게다가 내가 앞에서 열거한 시각적인 세부 사항들 외에도 그는 고통스러운 과거를 가진 사람인 것 같은 인상을 풍겼다.

내 책상 위에는 독립 전쟁에 참전했던 증조부의 타원형 초상화를 비롯하여 칼, 메달, 그리고 깃발 들이 진열된 유리 장식장이 놓여 있었다. 나는 그에게 설명을 곁들이며 그 영예로운 골동품들을 소개해 주었다. 그는 마치 의무를 수행하는 사람처럼 아주 재빠르게 그것들을 흘끗거린 뒤, 내게 비의도적이고 기계적으로 느껴졌던 무례함을 언뜻 내보이며 내 말에 한 자 한 자 토를 달았다. 예를 들어, 이런 식이었다.

"알고 있습니다. 1824년 8월 6일 후닌의 전투였지요. 후아레스 휘하의 기병대 습격이었지요."

"수아레스입니다." 내가 정정했다.

나는 그 실수가 의도적이 아닌가 하는 의심이 들었다. 그가 우루과이식으로 두 팔을 벌려 보이며 소리쳤다.

"아마 제 실수는 여기서 끝나지 않을 겁니다! 책을 많이 읽다 보니 모든 게 뒤죽박죽이 되어 버려서 말입니다. 당신한테서는 정말 흥미로운 역사가 살아 숨쉬고 있군요."

그는 에프(F)를 마치 브이(V)처럼 발음했다.

나는 그의 그런 아첨 섞인 언사에 불쾌감을 느꼈다. 그는 그것보다는 오히려 나의 책들에 관심을 기울였고, 아주 주의 깊게 책들의 제목을 하나씩 훑었다. 그가 거의 에로틱하다고 할 만한 동작으로 책들의 제목을 쓸고 가던 눈길을 멈추면서 이렇게 말했던 게 기억난다.

"아, 쇼펜하우어, 그는 늘 역사에 대해 불신감을 갖고 있었지요······. 나도 프라하에서 살 때는 그리세바흐[10]가 편집한 똑같은 전집 하나를 가지고 있었어요. 손에 들고 다닐 수 있는 판형의 그 전집을 벗 삼아 여생을 보내게 될 줄 알았는데. 그러나 그 집에서, 그 도시에서 나를 쫓아낸 것은 한 미친 자의 몸속에 들어 있는 바로 그 역사라는 것이었죠. 그렇게 해서 이제 나는 당신과 함께 여기 아메리카 대륙에, 당신의 아늑한 집에 와 있게 된 겁니다······."

그의 스페인어는 부정확했으나 유창했다. 그의 발음 속에는 독일식 악센트가 스페인식 시옷 발음과 더불어 공존하고 있었다.

우리는 이미 소파에 앉아 있었고, 나는 본론으로 들어가기 위해 그의 말꼬리를 붙들었다. 내가 그에게 말했다.

"여기서의 역사는 그보다는 자비롭죠. 나는 내가 태어난 이 집에서 죽게 되리라 기대하고 있어요. 증조부께서 아메리카 대륙을 휩쓸고 다닐 때의 산증인인 칼이 여기 놓여 있습니다. 여기서 나는 과거를 숙고하고, 그리고 나의 책들을 썼어요. 나는 이 서재를 한 번도 떠난 적이 없다고 말할 수 있는데 이제는 마침내 지도에서만 보던 땅으로 가기 위해 여기를 떠나야 할 것 같소."

나는 미소로서 과장되었을지도 모를 나의 열변을 순화시켜 보려고 했다.

"카리브해에 있는 어떤 나라를 뜻하는 것인가요?" 치머만이 물었다.

---

[10] 에두아르도 그리세바흐(Eduardo Grisebach, 1845~1906). 1891년 쇼펜하우어 전집을 여섯 권으로 묶었던 사람.

"그렇습니다. 선생께서 우리 집에 몸소 걸음을 하신 것도 바로 임박한 그 여행 때문인 것 같은데." 내가 그에게 말했다.

트리니다드가 우리에게 커피를 내왔다. 나는 천천히 단도직입적으로 말했다.

"선생도 이미 아시리라 믿는데 장관께서 우연히 아베야노스 박사의 소장품에서 나온 볼리바르 장군의 새로운 편지들을 출판하고 그것에 대한 서문을 쓰는 임무를 내게 맡기셨소. 이 임무는 마치 운명이 그렇게 정해져 있는 것처럼 내 일생에 걸친 노력, 아니 어쩌면 우리 가문이 대대로 헌신한 노력의 마지막 구두점을 찍는 일이라 해야 할 거요."

말해야 할 것을 말했기 때문에 나는 안도감을 느꼈다. 그러나 치머만은 내 말에 귀를 기울이지 않는 것 같았다. 그의 눈은 내 얼굴을 보는 게 아니라 내 등 뒤의 책들을 보고 있었다. 그는 어렴풋이 내 말에 동의하는 듯했고, 이어 힘주어 말했다.

"당연히 선생의 핏속에 흐르고 있지요. 선생은 뛰어난 역사학자시고요. 당신 민족은 아메리카 대륙 곳곳을 다니며 엄청난 전투들을 치렀지요. 반면에 그 존재도 미미한 우리 민족은 유대인 정착촌의 범위를 벗어나지 못했어요. 선생의 멋들어진 표현을 빌리자면 당신들은 몸에 직접 역사를 지니고 다닌다고 할 수 있죠. 따라서 당신은 마음의 소리에 귀를 기울이기만 하면 되는 거예요. 반면에 저는 그렇지 못하기 때문에 직접 술라코까지 가서 틀림없이 계시적 양식으로 되어 있을 그 수많은 문서들을 일일이 들춰 볼 수밖에 없는 겁니다. 제가 그런 선생을 정말 부러워하고 있다는 사실을 믿어 주셨으면 좋겠습니다."

그의 어조는 도전적이지도 않았고 그렇다고 비아냥거리는 투도 아니었다. 그의 말은 마치 과거처럼 도저히 뒤집을 수 없는 미래에 의해 만들어진 어떤 의지의 표현 같은 것이었다. 그의 논지 자체는 거의 설득력이 없었다. 그러나 강점은 그의 말이 아닌 그라는 인간 자체에 있었다. 치머만은 훈계조의 느릿한 음성으로 말을 이었다.

"존경하는 교수님, 모두가 볼리바르 장군의 문제와 관련하여 — 미안합니다, 산마르틴 장군이오 — 모두가 선생이 가지고 있는 입장이 무엇인지 압니다.[11] 선생님의 자리는 이미 확정되어 있지요. 나는 아직 볼리바르 장군의 그 편지를 읽어 본 처지는 아니지만 그가 자신의 입장을 변호하고자 그 편지를 썼으리라는 추측은 필연적이고 당연한 것으로 느껴집니다. 어찌 됐든 떠들썩한 반향을 일으킨 이 편지가 우리에게 그 문제에 관해 산마르틴 장군이 아닌 볼리바르 장군의 관점을 보여 주게 될 거라는 사실입니다. 일단 출판이 되면 우리는 그 가치를 저울질해 보고, 연구를 거듭하고, 그리고 비평의 체로 걸러 보고, 만일 그렇게 해야 한다면 그것에 대한 반박조차 마다하지 말아야 할 겁니다. 그러한 마지막 판단을 하는 데 있어 뛰어난 역사적 안목을 가진 선생님만큼 적절한 분은 없을 겁니다. 해부용 칼, 외과 수술용 칼, 그러니까 말하자면 과학적 엄밀함이 요구되는 일이니까요! 그러나 동시에 그 편지의 편저자가 그 편지와 연관이 있는 사람일 경우의 문제를 지적할 수밖에 없음을 용서하시기 바랍니다. 그러한 연관 관계는 어찌 보면 오히려 누가 될 수도 있습니다. 대중들이란 심층

---

11) 여기서 볼리바르 장군이라고 했다가 산마르틴 장군으로 바꾼 것은 산마르틴 장군이 아르헨티나 사람이기 때문이다.

적인 것은 보지 못하는 법이지요."

 지금 와서 생각하면 우리가 이 이후로 벌였던 논쟁은 전혀 쓸모없는 짓이라는 것을 깨닫게 된다. 그때 나는 그것을 몸으로 직감하고 있었는지도 모른다. 나는 그와 정면 대결을 피하기 위해 사소한 문제를 걸고 넘어졌다. 나는 그에게 정말 그 편지들이 가짜라고 생각하는지 캐물었다.

 "볼리바르 장군이 쓴 것이라는 이유만으로," 그가 말했다. "모든 진실을 그 안에서 찾아야 한다는 원칙이 있는 것은 아니지요. 볼리바르 장군이 그 편지의 수신자를 속이기 위해 썼을 수도 있고, 반대로 그 자신이 속았던 것인지도 모르니까요. 역사가이자 사려가 깊은 분이시니 미스터리는 우리의 작품이 아닌 우리 자신 속에 있다는 것을 선생께서 더 잘 알고 계시겠지요."

 그의 이 현란하기 그지없는 일반화에 나는 울화가 치밀었다. 나는 감정이 배제된 메마른 어조로 우리의 삶은 수수께끼에 둘러싸여 있고, 산마르틴 장군이 단순한 야망을 버리고 남미의 운명을 볼리바르 장군의 손에 맡겼던 과야킬 회담 또한 우리가 연구해 볼 만한 가치가 있는 수수께끼 아니겠냐고 말했다.

 치머만이 대꾸했다.

 "그에 대한 해석은 다양하죠······. 어떤 사람들은 산마르틴 장군이 함정에 빠졌다고 추리합니다. 사르미엔토[12] 같은 또 다른 사람들은 산마르틴이 그 자신으로서는 이해할 수 없었던 아메리카 대륙에서 길을 잃어버린 유럽의 군인이었다는 판단을 내리지

---

12) 도밍고 파우스티노 사르미엔토(Domingo Faustino Sarmiento, 1811~1888). 아르헨티나의 작가이자 대통령을 역임했던 인물.

요. 대체로 아르헨티나 사람들인 또 다른 사람들은 산마르틴의 자기 부정적 행위에서 그것의 연유를 찾기도 하고요. 어떤 사람들은 그가 지쳤기 때문이라고 보기도 하지요. 또 다른 사람들은 저로서는 무지한 어떤 비밀 공제 조합의 비밀스러운 명령과 결부시키기도 하고요."

나는 어찌 됐든 페루의 수호신 산마르틴 장군과 라틴 아메리카의 해방자인 볼리바르 장군 사이에 오고 갔던 확실한 이야기들을 내 눈으로 직접 보게 되는 것은 흥미로운 일이라고 말했다.

치머만이 다른 의견을 제시했다.

"아마 그들이 나눈 얘기는 별로 중요한 것들이 아니었을 겁니다. 두 사람은 과야킬에서 맞닥뜨렸지요. 둘 중 한 사람이 자신의 의견을 관철시켰다면 그것은 논쟁에서 이겼기 때문이 아니라 그의 의지가 상대에 비해 강했기 때문일 겁니다. 어떻습니까? 저는 이렇듯 저의 존경하는 쇼펜하우어를 잊지 않고 있는 것 아닙니까?"

이어 그가 미소와 함께 덧붙였다.

"언어들, 언어들, 언어들. 언어들에 관한 한 최고의 스승이었던 셰익스피어조차도 사실 그것들을 경멸했지요. 과야킬에서든 부에노스 아이레스에서든 프라하에서든 말이란 항상 사람보다 신뢰를 덜 받는 어떤 것이지요."

그 순간 나는 무언가가 우리 사이에서 일어나고 있음을, 아니 보다 정확히 말해 무엇인가가 이미 일어났음을 느꼈다. 어찌 됐든 간에 우리는 서로 다른 두 사람이었다. 황혼이 방 안에 스며들었다. 그러나 나는 아직 불을 켜지 않고 있었다. 나는 불현듯 물었다.

"당신은 프라하 출신인가요, 선생?"

"예, 나는 프라하 출신입니다." 그가 대답했다.

나는 주제를 비켜 나가기 위해 딴청을 부렸다.

"그곳은 아마 매우 기이한 도시일 것 같은 느낌이 드는군요. 나는 그 도시에 대해 모르지만 내가 독일어로 처음 읽었던 소설이 바로 마이링크의 『골렘』[13]이었지요."

치머만이 대꾸했다.

"그것은 마이링크가 쓴 작품 중 유일하게 기억할 만한 가치가 있는 것이지요. 그의 작품들은 형편없는 문장력에 엉터리 신지학(神知學)을 바탕으로 하기 때문에 차라리 다른 작품들은 안 쓰는 게 나을 뻔했지요. 어찌 됐든 꿈속의 꿈들로 구성된 것 같은 그 책에는 프라하가 가진 어떤 기이함들이 녹아 있어요. 프라하에서는 모든 것이 기이하다 해야 할 겁니다. 아니 선생은 어쩌면 기이한 게 아무것도 없다는 표현을 더욱 선호할지도 모르겠네요. 그곳은 그 어떤 것도 일어날 수 있는 그런 곳이지요. 나는 해 질 무렵의 런던에서도 같은 느낌을 받았어요."

"선생은," 나는 말했다. "아까 의지에 대해 말씀하셨죠. 『마비노지언』[14]에는 아래에서 군사들이 전투를 벌이는 동안 두 왕이 언덕의 꼭대기에서 장기를 두는 장면이 나옵니다. 한 왕이 장기 경기에서 이기지요. 순간 전령이 와서 장기에서 진 다른 왕의 군사

---

13) 구스타프 마이링크(Gustav Meyrink, 1868~1932). 오스트리아 출신의 소설가. 오랫동안 프라하에서 살았고, 나중에 개신교에서 불교로 개종했다. 대표작은 『골렘』으로, '골렘'은 히브리어로 '태아', '배(胚)'라는 뜻이다.

14) 웨일스 지역의 신화를 담은 책이다. 첫번째 영어 번역본은 1949년에 발간되었다.

들이 전투에서 패했다는 소식을 전합니다. 말하자면 병사들의 전투는 장기판에서 벌어진 전투의 반영이었던 거지요."
"오, 하나의 마술적 작동이었던 거지요." 치머만이 말했다.
내가 그에게 말했다.
"또는 서로 다른 두 진영이 가진 의지의 표현이라고나 할까요. 켈트족의 또 다른 신화는 유명한 두 음유 시인이 벌인 시 대결에 관한 이야기를 들려주지요. 둘 중 한 시인이 하프를 켜며 새벽부터 저녁까지 노래를 부릅니다. 하늘에 별과 달이 뜨고 그제야 그가 상대 시인에게 하프를 건넵니다. 상대 시인은 하프를 옆에 놓고 자리에서 일어섭니다. 그러자 첫 번째 시인이 자신의 패배를 인정합니다."
"선생의 박식함에 정말 감탄을 금할 길이 없군요. 한마디로 모든 것을 종합해 버리는 정말 멋진 비유입니다." 치머만이 탄성을 질렀다.
그가 한층 수그러든 목소리로 덧붙였다.
"정말로 켈트족의 설화에 관한 나의 무지, 나의 한심한 무지에 대해 고백하지 않을 수가 없군요. 선생은 마치 환한 대낮처럼 동양과 서양을 두루 섭렵하고 계시는데 나는 고작 나의 보잘것없는 카르타헤나적 구석에 달라붙어 있는 꼴이니. 이제는 그것에다 라틴 아메리카의 역사에 관한 수박 겉핥기 지식을 약간 덧붙여 놓고서 말입니다. 나는 정말 재능이 없는 미욱한 자에 불과하다는 사실을 통감하게 됩니다."
그의 음성에는 유대적이면서 동시에 독일적인 비굴함이 깃들어 있었다. 그러나 나는 승리가 이미 그의 것인 이상 내게 아부를 하거나 내가 옳다고 수긍하는 일은 그에게 전혀 힘들지 않은 일이라는 것을 느꼈다.

그는 자신의 여행 준비에 관한 것은 내 수고를 빌릴 필요가 없다고 했다.('여행 준비'라는 말이 실제로 그가 썼던 말이다.) 그러고 나서 그는 서류 가방에서 장관에게 보내는 편지 한 장을 꺼냈다. 그 안에는 내가 사임하게 된 배경 설명과 자타가 공인하는 치머만 박사의 덕목들이 명기되어 있었다. 그가 편지에 서명을 하게끔 내 손에 만년필을 쥐여 주었다. 그가 편지를 거두어들이는 순간 내 눈에 날인이 된 부에노스 아이레스―수라코 간 연락선의 다음 날 승선권이 언뜻 들어왔다.

그가 방을 나서려다 말고 다시 쇼펜하우어 전집 앞에 멈추어 섰다. 그리고 말했다.

"우리의 스승, 우리 두 사람 공통의 스승께서는 그 어떤 행동도 자의적이지 않은 것은 없다고 말했지요. 선생께서 이 집, 이 거대하고 기품 있는 집에 그냥 남으시는 것은 스스로 그렇게 하시기를 원하기 때문이라고 해야겠지요. 저는 그것에 복종하고, 그리고 선생의 뜻에 감사할 따름이지요."

나는 말없이 그 마지막 적선을 받아들였다.

나는 정문까지 그와 동행했다. 헤어지려는 순간 그가 한마디 더 던졌다.

"커피 정말 좋았습니다."

나는 곧 불더미에 던져 버릴 이 뒤죽박죽의 글을 다시 한번 읽어 보고 있다. 그와의 만남은 아주 짧았다.

나는 더 이상 글을 쓰지 않을 것 같은 예감이 든다. 나의 자리는 이미 확정되어 있지 않은가.

마가복음

그 사건은 1928년 3월 말 후닌 지방의 남쪽에 자리한 로스 알라모스 농장에서 일어났다. 사건의 주인공은 의과 대학생인 발타사르 에스피노사였다. 우리는 일단 그를 무골호인에다 라모스 메히아에 있는 영국인 학교에서 여러 차례 상을 받았을 정도로 웅변에 능하다는 것 외에는 그다지 주목할 만한 특징이 없는 그 흔한 부에노스 아이레스 청년들 중의 하나로 상정할 수 있다. 그는 논쟁하는 것을 좋아하지 않았다. 그래서 말하기보다는 상대방의 말을 듣는 것을 선호하는 쪽이었다. 내기를 좋아하기는 했으나 뛰어난 승부사는 못 되었다. 왜냐하면 승리가 그에게 즐거움을 가져다주지 못했기 때문이다. 그는 광범위한 지적 관심 때문에 방황을 한 편이었다. 따라서 서른셋이 되었는데도 여전히 졸업을 하기에는 한 과목을 더 이수해야 했다. 그것도 바로 그가 가장 관심 있어 하는 과목이었다. 그 당시의 모든 신사들처럼 자유사상가였던 그의 아버지는 허버트 스펜서[1]의 원리에 따라 그를 교육시켰다. 그런데 그의 어머니는 언젠가 몬테비데오로 여행을 떠나는 그에게 매일 밤 성호를 긋고 하느님께 기도하라고 가르쳤다. 그는 오랜 세월 동안 한 번도 이 약속을 깬 적이 없었다. 그는 용기가 없는 사람은 또한 아니었다. 왜냐하면 그는 화가 나서라기보다는 무관심 때문에 대학의 시위에 참여하려고 강요하는 한 무리의 대학 친구들과 주먹질을 나눈 적도 있었기 때문이었다. 과묵한 성격과 연관이 있을 터인데 어찌 됐든 그는 문제가 될 만한 견해나 버릇을 잔뜩 가지고 있었다. 그는 조국인 아르헨티나 자체보다 다른 나라 사람들이 자신들을 머리에 깃을 꽂고 다닌다고 생각하지나 않을까 하는 점에 더 신경을 쓰곤 했다. 그는 프랑스라는 나라는 숭배했지만 프랑스 사람들은 경멸했다. 그는 미국인들에 대해 거의 관심을 두지 않았지만 그들처럼 부에노스 아이레스에도 높은 건물들이 있다는 사실에 흐뭇해하곤 했다. 그는 평원의 가우초들이 산이나 산맥에서 기거하는 가우초들보다 더 말을 잘 탄다고 믿었다. 하루는 사촌인 다니엘이 같이 로스 알라모스에서 여름을 지내자고 했을 때 시골이 좋아서가 아니라 천성적인 쾌활함 때문에, 그리고 거절할 만한 핑계를 찾을 수가 없어 그렇게 하겠다고 대답했다.

    농장의 저택은 거대했으나 약간 퇴락한 집이었다. 관리인 구트레의 숙소는 매우 가까운 곳에 있었다. 구트레의 식구는 모두 세 명이었다. 아버지, 아주 우락부락한 아들, 그리고 부계(父系)가 불확실한 딸. 그들은 키가 크고, 단단하고, 뼈가 불거져 나오고, 머

---

[1] Herbert Spencer(1820~1903). 영국의 철학자로 적자생존론을 주장했다.

리칼은 불그죽죽하고, 원주민의 피를 이어받은 얼굴을 하고 있었다. 그들은 매우 과묵했다. 관리인의 부인은 여러 해 전에 이미 세상을 떴다.

에스피노사는 시골에서 전에 알지도 못했고, 어렴풋하게라도 생각하지 못했던 것들에 대해 배우기 시작했다. 예를 들어, 농가 근처에서는 말을 타고 질주하지 않는다든가, 특별한 일이 아니고서는 말을 타고 나가지 않는다든가 하는 것들 말이다. 시간이 흐르면 그는 울음소리를 가지고 새들의 종류조차 판별할 수 있게 될 터였다.

며칠 지나지 않아 다니엘은 소 판매 문제로 수도에 갔다 와야 했다. 그런 종류의 일은 대체로 일주일이 걸렸다. 한편으로 이미 사촌의 여자들과 관련한 끝없는 행운과 사람들의 옷차림에 대한 그칠 줄 모르는 관심에 질려 있던 그는 책을 읽으면서 혼자 농장에 남아 있기로 했다. 그러나 더위는 참을 수 없을 정도였고, 밤이 되어도 괴롭기는 마찬가지였다. 새벽에 천둥소리가 그를 깨웠다. 바람이 목마황 나무들을 뒤흔들어 댔다. 에스피노사는 떨어지는 빗소리를 들었고, 하느님께 감사의 탄성을 내질렀다. 차가운 공기가 갑자기 몰아닥쳤다. 그날 오후 살라도강은 범람했다.

그다음 날, 저택의 복도에서 검게 변한 들판을 바라보면서 발타사르 에스피노사는 그날 아침만은 바다를 평원에 비유하는 것이 완전히 잘못된 것만은 아니라고 생각했다. 비록 허드슨[2]은

---

2) 윌리엄 헨리 허드슨(William Henry Hudson, 1841~1922). 부에노스 아이레스에서 태어난 영국인 작가. 주요 작품으로『자줏빛 땅』,『녹색 저택』등이 있다.

우리가 말 위에서 또는 눈높이에서 보는 게 아니라 배의 갑판에서 보는 것이기 때문에 바다는 더 넓다고 말했지만 말이다. 비는 멈추지 않았다. 구트레 가족은 비록 상당수의 가축들이 물에 빠져 질식사했지만 마을 사람들의 도움과 협조를 얻어 농장의 상당 부분을 살렸다. 농장으로 통하는 길은 네 개가 있었다. 그 길들은 모두 물에 덮여 있었다. 셋째 날, 관리인의 집에 심상찮게 물이 새기 시작했다. 에스피노사는 그들에게 저택의 안쪽에 자리 잡고 있는 농기구들을 저장하는 오두막 옆의 방 하나를 내주었다. 그 일은 그들이 가까워지는 계기가 되었다. 그들은 거대한 식당방에서 함께 식사를 하곤 했다. 대화는 힘들었다. 왜냐하면 구트레 가족은 시골에 대해 수많은 것들을 알고 있었지만 그것을 설명할 능력이 없었기 때문이었다. 어느 날 밤, 에스피노사는 사람들에게 군사령부가 후닌에 있을 때 인디언들이 감행한 급습에 대해 기억하는지 물었다. 그들은 그렇다고 대답했다. 그러나 그들은 찰스 1세[3]의 처형에 대한 기억이 있는지 물었어도 그렇게 대답했을 터였다. 에스피노사는 아버지가 시골에서 말하는 수명이란 거의 항상 잘못된 기억이나 날짜에 대한 모호한 개념에 따른 결과들이라고 말하셨던 게 기억났다. 가우초들은 자신들이 몇 년에 태어났는지, 자신들의 아버지가 누구인지 모르는 경우가 허다했다.

집 안을 통틀어 책이라고는 《라 차르카》라는 한 무더기의 수의학 잡지, 우루과이의 서사시 『타바레』[4]의 호화 장정본, 『아르헨

---

3) 영국의 왕(1600~1649)으로 1625년 왕이 되었다가 1649년에 처형당했다.
4) 아메리카 혼혈인과 스페인 처녀의 사랑을 다룬 사랑의 운문극. 우루과이의 시인 후안 조리야 데 산마르틴(1855~1931)이 1888년에 발간했다.

티나에서의 짧은 뿔 소의 역사』, 몇 권의 에로 소설, 또는 탐정 소설, 그리고 최근에 발간된 소설『돈 세군도 솜브라』뿐이었다. 에스피노사는 식사 후의 어색한 침묵을 깨기 위해 전혀 읽을 줄도 쓸 줄도 모르는 구트레 가족에게 이 소설 몇 장을 읽어 주었다. 불행하게도 그 관리인은 소몰이꾼 출신이었다. 그래서인지 또 다른 소몰이꾼인 주인공 세군도 솜브라의 행적은 그의 관심을 끌지 못했다. 그는 그 작품이 별 볼 일 없고, 소몰이꾼들은 항상 필요한 모든 것을 실은 짐말과 함께 여행을 하고, 그리고 만일 자신이 소몰이꾼이 아니었다면 라구나 데 고메스나 브라가도읍, 차카부코에 있는 누녜스가 소유의 목장까지 가 보지 못했을 거라고 말했다. 부엌에는 기타가 하나 있었다. 농장의 일꾼들은 내가 들려주려고 하는 사건이 일어나기 전 기타 주변에 빙 원을 지어 둘러앉아 있곤 했다. 누군가가 기타 줄을 건드려 보기는 했지만 아무도 연주를 하지는 않았다. 사람들은 그것을 두고 '기타 파티'라고 불렀다.

구레나룻 수염이 수북이 자라 있던 에스피노사는 자신의 새롭게 변한 얼굴을 보려고 거울 앞에 멈춰 서 있곤 했다. 그는 부에노스 아이레스에 돌아가면 어떻게 살라도강의 홍수 얘기를 가지고 친구들을 지겹게 만들어 주나 생각하며 미소를 짓곤 했다. 기이하게도 그는 한 번도 가 본 적이 없고, 가지도 않았을 그런 장소들이 그리워지곤 했다. 우체통이 하나 있는 카브레라 거리의 모퉁이, 후후이 거리에 있는 어느 집 대문의 석조 사자들, 온세 광장으로부터 몇 블록 떨어진 곳, 어디에 있는지 정확한 기억이 떠오르지 않는 바닥에 타일이 깔려 있는 오래된 주점. 그의 아버지와 형제들로 말할 것 같으면 그들은 이미 다니엘에게 들어 자신이 홍수 때문에 고립 — 어원학적으로 볼 때 정당하기 그지없는 — 되어 있다는 것을 알았을 것이었다.

그는 계속 창밖으로 물이 넘실거리는 집 안을 돌아다니다 문득 영어로 된 성경 한 권을 발견했다. 성경의 마지막 페이지에는 구트리에 — 아마 이것이 구트레 가족의 원래 성이었을 것이다 — 사람들이 자신들의 혈통에 관해 손수 적어 놓은 글귀들이 있었다. 구트리에 사람들의 고향은 스코틀랜드의 인베르네스[5]였다. 그들은 19세기 초에 일꾼의 신분으로 이 신대륙에 왔고, 원주민들과 결혼했다. 가족사는 1870년대에서 멈춰 있었다. 왜냐하면 그때에 이르러 글 쓰는 법을 잊어버렸을 것이기 때문이었다. 몇 세대도 지나지 않아 그들은 영어를 잊어버렸다. 에스피노사가 그들을 만났을 때 그들은 스페인어를 배우기 위해 애쓰던 터였을 것이다. 그들에게는 신앙심이 결여되어 있었다. 그러나 그들의 핏속에서는 어슴푸레하게 엄격한 칼빈주의적 광신과 평원의 미신이 함께 흐르고 있었다. 에스피노사는 그들에게 자신이 발견한 것에 대해 말했으나 그들은 거의 귀를 기울이려고 하지 않았다.

책장을 넘기던 그는 「마가복음」의 첫 페이지에서 손을 멈추었다. 그는 번역 연습도 할 겸 그들이 조금이라도 이해하는지 보기 위해 식사 후 「마가복음」을 읽어 주기로 마음먹었다. 그는 그들이 주의 깊게, 이어 침묵의 관심 속에서 자신의 말을 듣는 것을 보고 놀라지 않을 수 없었다. 표지에 있는 금박이 입혀진 글자의 존재가 책에 위엄을 부여했기 때문일까. 성경책은 여전히 그들의 핏속에 흐르고 있구나, 라고 에스피노사는 생각했다. 또한 그는 오랜

---

5) 스코틀랜드의 항구.

세월 동안 인류가 세대를 거듭해 오면서 항상 두 가지 이야기를 들려주거나 들으며 살아왔다는 생각이 떠올랐다. 하나는 지중해를 돌아다니며 사랑하는 섬을 찾아 헤매는 잃어버린 한 척의 배이고,[6] 다른 하나는 골고다의 언덕에서 못 박혀 죽은 한 신에 관한 이야기. 그는 라모스 메히아에서의 웅변 강습 시간들을 떠올렸다. 그는 자리에서 일어섰고, 순간 머릿속에 번쩍 스쳐 가는 게 있었다.

구트레 씨 식구들은 더 빨리 복음을 듣기 위해 불고기와 정어리 요리를 치워 버렸다.

딸이 몹시 귀여워하고 장식으로 작은 하늘색 리본을 달아 놓은 새끼 양이 철조망에 걸려 상처를 입었다. 그들은 피를 멈추게 하기 위해 상처에 거미줄을 붙이려고 했다. 에스피노사는 몇 알의 약을 써서 그 양을 치료해 주었다. 이러한 치료에 대해 그들이 표한 감사는 그를 계속 놀라게 만들었다. 처음에 그는 구트레 씨 가족을 믿지 않았었다. 그래서 지니고 있던 240페소를 자신이 가지고 있던 책 중 하나에 숨겨 놓았었다. 또한 이제 주인이 없기 때문에 자신이 그의 자리를 대신 맡았고, 수줍은 명령을 내리곤 했는데 그들은 즉각 그의 지시를 행하곤 했다. 구트레 씨 가족들은 마치 길을 잃어버린 사람처럼 이 방 저 방 복도 할 것 없이 그의 뒤를 따라다니곤 했다. 성경을 읽어 주던 도중 에스피노사는 그들이 그가 식탁 위에 떨어뜨린 빵 부스러기들을 몰래 주워 먹는 것을 보았다. 어느 날 저녁인가 그는 그들이 역력하게 경외심을 표하면서 자신에 대해 말하는 것을 보기도 했다. 「마가복음」의 낭송

---

6) 율리시스를 가리킨다. 그리고 사랑하는 섬이란 크레타이다.

을 마친 그는 그들에게 나머지 세 복음을 읽어 주려고 했다. 그런데 아버지가 잘 이해가 되지 않으니까 방금 읽었던 복음을 다시 읽어 달라고 청했다. 에스피노사는 그들이 어린애 같다고 느꼈다. 따라서 그들에게 반복이란 다른 것, 새로운 것보다 훨씬 더 즐거움을 가져다주는 것이리라. 그날 밤 그는 노아의 홍수에 관한 꿈을 꾸었는데 그것은 전혀 이상한 일이 아니었다. 그는 방주를 만드는 망치 소리에 잠을 깼고, 그는 그것이 천둥소리려니 생각했다. 사실 잦아들었던 비 또한 다시 내리기 시작하고 있었다. 한기는 극심했다. 그들은 그에게 태풍이 농기구를 저장하는 오두막의 지붕을 부숴뜨려 놓았고, 대들보가 다 고쳐지면 그곳을 보여 주겠다고 말했다. 그는 더 이상 이방인이 아니었다. 그들 모두는 그를 매우 극진하게 모셔 그가 거의 버릇없이 군다고 할지라도 가만 내버려 둘 정도였다. 그들 중 아무도 커피를 좋아하지 않았음에도 에스피노사를 위해 설탕이 수북이 쌓여 있는 컵을 항상 마련해 놓을 정도였다.

어느 화요일 태풍이 몰아닥쳤다. 목요일 밤 그는 만일의 경우를 대비해 항상 자물쇠를 잠가 놓는 문을 누군가가 가볍게 두드리는 소리를 들었다. 그는 침대에서 빠져나와 문을 열었다. 거기에는 딸이 서 있었다. 어둠 때문에 그는 그녀를 분간하기가 힘이 들었다. 그러나 딛는 발걸음에서 그녀가 맨발이고, 얼마 후 침대 속에서 그녀가 발가벗은 채로 저택의 다른 쪽 끝에서 자신의 방까지 걸어왔다는 것을 깨달았다. 그녀는 그를 껴안지도 않았고, 단 한마디 말도 하지 않았다. 그녀는 떨면서 그의 옆에 누울 뿐이었다. 그렇게 해서 그녀는 태어나 처음으로 남자를 알게 되었다. 그녀는 떠나면서 그에게 키스조차 하지 않았다. 에스피노사는 자신이 그녀의 이름조차 모른다는 사실을 깨달았다. 그는 그녀의 이름을 알아내지 못했다는 사실 때문에 부에노스 아이레스에 돌아간다 해도 그 일에 대해 누구에게도 입을 열지 않으리라 마음먹었다.

다음 날에도 전과 같은 날들이 계속되었다. 다만 아버지가 에스피노사에게 정말로 예수 그리스도가 모든 사람을 구하기 위해 자신의 목숨을 바쳤느냐고 물었을 뿐이었다. 그는 자유사상가이기는 했지만 자신이 그들에게 읽어 주었던 것에 대한 논리적 뒷받침을 해 주어야겠다는 생각 때문에 이렇게 대답했다.

"그렇지요. 모든 사람들을 지옥으로부터 구해 주기 위해서요."

그러자 구트레가 그에게 물었다.

"지옥이 뭔데요?"

"영혼들이 끝없이 불에 타는 땅 아래에 있는 그런 곳이지요."

"그렇다면 그를 못 박은 그 사람들까지도 구원을 받겠네요?"

"당연하지요." 종교적 교리가 확실하지 않았던 에스피노사가 대꾸했다.

사실 그는 관리인이 어젯밤 자신의 딸과 있었던 일에 대해 물어볼까 봐 가슴이 조마조마하던 차였다. 점심 식사를 마친 후 그들이 다시 「마가복음」의 마지막 부분을 다시 한번 읽어 달라고 요청했다.

그날 오후 에스피노사는 긴 낮잠을 잤다. 끝없는 망치 소리와 알 수 없는 불길한 예감 때문에 그는 이따금 선잠에서 깨어나곤 했다. 저녁 무렵 그가 일어나 복도로 나갔다. 그는 마치 머릿 속에서 크게 소리를 지르는 것처럼 말했다.

"비가 거의 다 내린 것 같은데요. 이제 얼마 남지 않은 것 같아요."

"이제 얼마 남지 않은 것 같네요." 구트레가 마치 메아리처럼 따라 말했다.

세 사람이 그의 뒤를 따라오고 있었다. 그들이 보도 위에 서서 머리를 숙인 뒤 그에게 축복을 내려 달라고 청했다. 그런 다음 그들은 그에게 저주를 퍼붓고, 그에게 침을 뱉고, 그를 집의 뒤쪽 구석으로 질질 끌고 갔다. 딸이 눈물을 흘렸다. 에스피노사는 문의 안쪽에서 자신을 기다리고 있는 게 무엇인지 깨달았다. 그들이 문을 열었을 때 그의 눈에 하늘이 들어왔다. 한 마리 새가 울었다. 검은 방울새구나, 하고 그는 생각했다. 오두막에는 지붕이 없었다. 왜냐하면 십자가를 만들기 위해 대들보를 뽑아 냈기 때문이었다.

브로디의 보고서

　우리는 나의 절친한 친구 폴 케인스가 내게 구해 준 레인[1]의 『천하루 밤의 이야기』(런던, 1840) 한 권 중에서 그 원고를 발견했다. 나는 이제 그것을 스페인어로 번역하려고 한다. 그 우아한 필체—이제는 타자기가 우리로 하여금 잊도록 만든 예술—는 그것이 이 책이 출간된 연도와 비슷한 때에 쓰인 것임을 짐작하게 했다. 잘 알려진 대로 레인은 자신의 작품에 지나치다 할 정도로 많은 주석을 달았다. 내가 가지고 있는 판본의 공백은 주석과 의문 부호들로 가득 차 있었고, 그리고 이따금 원고와 같은 필체로 가해진 수정 문구 또한 발견되었다. 그 주석가는 경이로운 셰에라

---

1) 에드워드 레인(Edward Lane, 1801~1876). 아랍학자로 『천하루 밤의 이야기』를 번역했다. 보르헤스는 여기서 이 번역본의 출간 연도를 1840년이라 적고 있는데 정확한 연대는 1839년이다.

자드의 이야기들보다 이슬람의 관습에 더 관심이 많은 것 같았다. 내가 원고의 마지막에 자신의 서명을 매우 아름답게 휘갈겨 놓은 데이비드 브로디에 관해 찾아낸 사실은 다음과 같은 것들뿐이었다. 그는 아베르딘 출생의 스코틀랜드 선교사였고, 아프리카의 심장부에서, 그리고 후에는 아마도 포르투갈어에 대한 지식이 그의 호기심을 당겼을 것 같은 브라질의 오지에서 기독교 신앙을 전파했다는 것뿐이었다. 그가 죽은 연도와 장소는 모른다. 내가 아는 한 그의 원고는 출판된 적이 없었다.

나는 무미건조한 영어로 쓰인 이 원고를 있는 그대로 스페인어로 옮길 것이다. 몇 마디 성경 구절과 우리의 신실한 장로교 선교사께서 점잖게 라틴어로 기록해 둔 야후[2]들의 성행위에 관한 흥미로운 페이지들은 삭제시킨 채 말이다. 첫 번째 페이지는 빠져 있었다.

*

"……유인원들이 서식하고 있는 지역에는 '믈크'[3]들이 살고 있다. 나는 독자들에게 그들의 짐승 같은 본성을 상기시키기 위해, 또한 그들의 원시적 언어에는 모음이 존재하지 않아 음가를 정확하게 옮길 수 없기 때문에 그들을 '야후'라고 부르겠다. 그 종족의 무리는 내 생각에 보다 남쪽, 가시덤불 속에 살고 있는 '느

---

[2] 스위프트의 『걸리버 여행기』 4부에 나오는 짐승의 형체를 가진 인간.

[3] (원주) 믈크(Mlch)에서 ch의 발음은 loch에서의 ch 발음과 같다.(저자 브로디의 주)

르'까지를 포함하여 도합 600명이 넘지 않는 것 같다. 내가 말한 이 숫자는 단순한 추측에 불과하다. 왜냐하면 왕, 여왕, 그리고 마법사들을 제외하고 야후들은 정해진 곳이 아닌 밤의 어둠이 떨어지는 곳에서 잠을 자기 때문이다. 말라리아와 유인원들의 끊임없는 습격 때문에 그들의 숫자는 계속 줄고 있다. 그들 중 단 몇 명만이 이름을 가지고 있다. 그들은 서로를 부를 때 한 움큼의 진흙을 던지는 관습이 있었다. 나는 또한 야후들이 누군가를 부를 때 땅바닥에 누워 뒹구는 것을 본 적이 있다. 이마 아래쪽과 조금 덜 검게 보이도록 만드는 구릿빛 피부를 제외하고 그들은 신체적으로 '크루'와 거의 다를 바가 없다. 그들은 과일, 식물의 뿌리, 파충류들을 먹고 산다. 그들은 고양이와 박쥐의 젖을 마시고, 손으로 물고기를 잡기도 한다. 그들은 먹을 때 몸을 숨기거나, 아니면 눈을 감아 버린다. 다른 모든 행위는 마치 옛 '냉소주의자들'[4]처럼 남들의 눈에 훤히 뜨이는 곳에서 한다. 그들은 마법사와 왕족들의 시체를 먹는다. 순전히 그들의 덕목을 본뜨기 위해서다. 내가 이 사악한 관습에 대해 꾸짖자 그들은 마치 시체 또한 음식이라는 듯, 또는 지나친 유추 해석일지는 모르지만 나로 하여금 우리가 먹는 것은 결국 모두 사람의 몸이 된다는 것을 이해시키고자 하는 뜻인 듯 입과 배를 툭툭 두드려 보였다.

그들은 전쟁에서 그 용도로 모아 놓은 돌, 주문, 그리고 마술을 사용했다. 그들은 발가벗고 다녔다. 아마 의복과 문신의 예술에 대해서는 알지 못했기 때문인 듯하다.

근처에 맑은 물의 샘과 나무 그늘이 있는 넓고 푸른 고원이 있

---

4) 기원전 4세기경 디오게네스에 의해 창설된 철학 학파.

었지만 그들이 그 언덕을 둘러싸고 있는 습지에서 살기를 선호하는 것은 특이한 일이다. 마치 적도의 태양열과 혼탁함이 자신들에게 즐거움을 주기나 하는 것처럼. 고원의 경사는 가팔라서 손쉽게 유인원들의 습격을 막아 주는 성벽의 역할을 할 수 있을 터였다. 스코틀랜드 고지대의 사람들은 산의 꼭대기에 자신들의 성을 세웠다. 나는 마법사에게 이러한 간단한 방어 전략을 이용하라고 충고했으나 헛수고였다. 하지만 그들은 내게 밤이 되면 공기가 차가워지는 고지대에 내가 기거할 움막을 짓도록 허락했다.

 그들 부족은 절대적 권력을 가진 왕에 의해 통치되고 있었다. 그러나 나는 실제로 그들을 통치하고 있는 자는 왕을 보좌하고, 또한 왕을 선출하는 네 명의 마법사들이 아닌가 하는 생각이 들었다. 종족 안에서 남자아이가 태어나면 그는 세심한 시험을 거치게 된다. 만일 그에게서 나로서는 그것이 뭔지 알 수 없었던 성스러운 흔적이 발견되면 야후들의 왕으로 등극하게 된다. 이어 그들은 세상이 그에게서 지혜를 빼앗아 가지 않도록 그를 거세시키고, 눈을 태워 버리고, 손과 발을 잘라 버린다. 그는 성(城, 크스르)이라 불리는 동굴에 갇혀 지낸다. 그 성에는 오직 네 명의 마법사들과 왕의 시중을 들고 대소변을 받아 내는 두 명의 여종들만 들어갈 수 있다. 만일 전쟁이 나면 부족들의 용맹심을 고취시키기 위해 그를 동굴 밖으로 끌어내 사람들에게 알현시킨다. 그런 다음 그를 마치 깃발 또는 부적이나 되는 듯 어깨 위에 가마를 태우고 전장 깊숙이 들어간다. 그럴 경우 왕은 유인원들이 던진 돌에 의해 거의 금세 죽고 만다.

 또 다른 성에는 여왕이 산다. 그녀는 왕과 만나는 게 금지되어 있다. 그녀는 자비롭게도 내가 자신을 알현하도록 허락했다. 그녀는 미소가 그윽하고, 젊고, 자신의 종족이 가질 수 있는 최대한의 우아함을 가지고 있었다. 쇠와 상아로 만든 팔찌, 치아로 만든 목걸이가 그녀의 발가벗은 몸을 장식하고 있었다. 그녀가 나를 쳐다 보았고, 킁킁 냄새를 맡아 보았고, 손으로 나를 건드려 보았고, 마침내 자신의 모든 종자들이 보는 앞에서 내게 몸을 맡겼다. 나의 의복과 관습이 마법사들이나, 왕국을 가로지르며 여행을 다니는, 대부분 무슬림 사람들인 노예 사냥꾼들에게 주어지는 그러한 영예를 입는 것을 방해했다. 그녀는 두어 차례 금 핀으로 나의 몸을 찔렀다. 그렇게 찌르는 것은 여왕의 총애를 표시하는 징표였다. 그래서 많은 야후들은 마치 여왕이 직접 자신들에게 그렇게 했다고 믿도록 하려고 직접 핀으로 자신의 살을 찌르기도 한다. 내가 앞에서 열거한 장식품들은 모두 다른 지역에서 온 것들이었다. 야후들은 그것들을 자연의 산물로 믿었다. 왜냐하면 그들은 아주 간단한 물건조차도 만들 능력이 없었기 때문이었다. 많은 이들이 내가 몸소 그것을 짓고, 자신들 또한 그 일을 도왔음에도 불구하고 그들 종족에게 내 오두막은 한 그루의 나무로 비칠 뿐이었다. 내가 가지고 있는 물건들 중에는 시계, 콜크로 만든 헬멧, 나침반, 그리고 성경이 있었다. 그들은 그것들을 들여다보고 내가 그것을 어디서 캐거나 땄는지 고개를 갸우뚱거리며 알고 싶어 했다. 그들은 늘상 내 단도의 날 쪽을 움켜쥐곤 했다. 나와는 다른 방식으로 그것을 보는 게 틀림없었다. 나는 그들이 어느 정도까지 의자에 대해 인식할 수 있을지 궁금증이 일었다. 여러 개의 방을 가진 집은 그들에게 마치 미로처럼 보이리라. 그러나 마치 고양이가 그런 집을 머릿속에 그릴 수는 없지만 길을 잃지 않듯 그들 또한 길을 잃지 않을지도 모른다. 그들 모두에게 그 당시 주홍빛을 띠던 나의 구레나룻 수염은 놀라움의 대상이었다. 그래서 그들은 오랫동안 나의 수염을 쓰다듬어 보곤 했다.

야후들은 고약한 냄새가 나는 날고기와 지독한 냄새가 나는 어떤 것들로부터 느끼는 기쁨을 제외하고 고통과 즐거움에 대해 무감각하다. 상상력의 부족이 그들을 잔인한 존재가 되도록 만든 것 같았다.

지금까지 나는 왕과 여왕에 대해 얘기했다. 따라서 이제 마법사들에 대해 언급해야 할 차례인 것 같다. 나는 앞에서 그들의 수가 넷이라고 말했다. 이 숫자는 그들 종족이 셀 수 있는 최대의 숫자다. 그들은 손가락을 가지고 하나, 둘, 셋, 넷, 많음이라고 센다. 무한수는 엄지손가락으로부터 시작된다. 내가 듣기로 부에노스 아이레스 근처를 떠돌며 살고 있는 원주민 부족들에게도 같은 현상이 일어난다고 한다. 비록 그들에게 최대의 숫자가 4이기는 하지만 그들과 교역을 하는 아랍인들은 그들을 속이지 못한다. 왜냐하면 그들은 물건을 교역할 때 모든 물건을 하나, 둘, 셋, 네 덩어리 — 모든 교역자들은 자신의 옆에 그것을 쌓아 둔다 — 로 나누기 때문이다. 그러한 물물 교환의 과정은 속도는 느려도 대신 실수나 속임수가 끼어들 여지를 주지 않는다. 야후의 왕국에서 실제로 유일하게 나의 관심을 끈 부류는 마법사들이다. 야후들은 마법사들이 원하기만 하면 자신들을 개미나 거북이로 변신시킬 수 있다고 믿는다. 내가 믿으려고 하지 않자 한 사람이 마치 그게 증거나 된다는 듯 내게 개미집을 보여 주었다. 야후들은 기억력이 부족하거나 거의 그것을 가지고 있지 못하다. 그들은 표범들의 침략으로 인해 일어난 재앙에 대해 얘기하지만 그 사건을 목격한 사람이 자신들인지 자신의 조상들인지 알지 못하거니와, 심지어 자신들이 꿈 이야기를 하고 있는 것인지조차 모른다. 비록 아주 낮은 수준이기는 하지만 마법사들은 기억을 가지고 있다. 그들은 오후에 아침, 심지어 전날 저녁에 일어났던 일을 기억할 수 있다. 그들은 예견의 능력 또한 가지고 있다. 그들은 확신에 찬 담담함을 가지고 앞으로 십 분 내지 십오 분 내에 일어날 일에 대해 말할 수 있다. 예를 들어, 그들은 '파리 한 마리가 내 목덜미에 앉을 것이다', '우리는 곧 새가 우는 소리를 들을 것이다'라고 지적하곤 한다. 나는 수백 번에 걸쳐 그 기이한 초능력을 목격하곤 했다. 나는 그 문제에 대해 깊게 생각해 보곤 했다. 우리는 신의 예언적 기억, 그러니까 그의 영원성 속에서는 과거, 현재, 미래가 세세하게 존재한다는 것을 알고 있다. 반면에 이상스러운 게 있다면 우리 인간은 끝없이 뒤는 돌아볼 수 있지만 앞은 볼 수 없다는 사실이다. 만일 내가 간신히 네 살배기였을 때 보았던 노르웨이에서 온 돛을 높이 단 범선을 생생하게 기억할 수 있다면 누군가가 금세 일어나게 될 일을 미리 볼 수 있다고 해서 그게 놀랄 만한 일이란 말인가? 철학적으로 기억은 미래에 대한 예견만큼이나 신기한 것이다. 내일 아침은 유대인들이 홍해를 건너는 것보다 시간적으로 훨씬 가까이 있다. 그럼에도 우리는 전자 대신 후자를 기억하고 있다니. 야후들에게는 하늘의 별을 쳐다보는 게 금지되어 있다. 그 권리는 오직 마법사들만 가지고 있다. 각 마법사에게는 제자가 한 명씩 딸려 있다. 마법사는 어릴 때부터 그에게 비밀 교리를 가르치고, 마법사가 죽으면 제자가 그의 뒤를 잇는다. 그처럼 그들의 숫자는 마술적 성격을 가진 수인 넷을 지키게 된다. 왜냐하면 그 숫자가 그들이 이를 수 있는 최고의 숫자이기 때문이다. 그들은 나름으로 천국과 지옥에 관한 교리를 가지고 있다. 그것들은 모두 지하에 있다. 빛으로 가득 차 있고 황량한 지옥에는 병자들, 노인들, 천대받던 사람들, 유인원들, 아랍인들, 그리고 표범들이 산다. 땅이 질퍽하고 음침한 천국에서는 왕과 여왕, 마법사들, 그리고 지상에서 행복했고 무자비했고 피에 굶주린 삶을 살았던 이들이 기거한다. 그들은 또한 '똥'이라고 불리는, 아마도 왕의 형상에서 유추한 듯한 신을 믿는다. 그 신은 사지가 없는 불구에다 장님에 쇠약하면서 무한한 권력을 가진 존재이다. '똥'은 늘 개미나 뱀의 형상을 띠고 있다.

이런 식이니 내가 그곳에 머무는 동안 그 어떤 야후와도 대화를 나누지 못했다고 말한다고 해도 놀랄 사람은 없을 것이다. '아버지 하느님'이라는 말은 그들에게 혼란을 주었는데 그 이유는 그들에게 부성의 개념이 없었기 때문이다. 그들은 아홉 달 전에 했던 어떤 행위가 한 아이의 탄생과 관계가 있으리라는 것을 이해하지 못한다. 그들은 지나치게 기간이 오래되거나 지나치게 비사실적인 원인에 대해서는 받아들이려고 하지 않는다. 게다가 모든 여자들이 성적인 것에 대해 알고 있기는 하지만 그렇다고 모두가 어머니가 되는 것은 아니잖은가.

그들의 언어는 복잡한 것으로서 내가 약간이라도 지식을 가지고 있는 다른 그 어떤 언어와도 유사점을 가지고 있지 않았다. 우리는 그들의 문장 부분조차도 말할 수가 없는데 그것은 그들의 언어에 문장이 없기 때문이다. 단음절로 된 각 단어는 맥락이나 얼굴 표정에 의해 뜻이 결정되는 어떤 일반적인 생각을 가리키게 된다. 예를 들어, '느르스'라는 단어는 분산 또는 얼룩을 암시한다. 그래서 그것은 별이 뜬 하늘, 표범, 한 무리의 새들, 천연두, 튀어 오르는 것, 흩어지는 행위 또는 전투에서 진 후 도망가는 것을 의미한다. 반대로 '흐름'은 응축되고 농밀한 것을 가리킨다. 따라서 부족, 나무둥치, 돌, 돌무더기, 돌을 쌓는 행위, 네 마법사의 모임, 육체적 결합 또는 숲을 의미할 수 있다. 다른 방식으로, 그리고 다른 표정을 가지고 말함으로써 각 단어는 정반대의 의미를 가질 수 있다. 너무 놀라지 말도록 하자. 왜냐하면 우리들의 언어에서도 cleave라는 동사는 '조각조각 흩어지다'와 '달라붙다'라는 뜻을 동시에 가지고 있기 때문이다. 어찌 됐든 그들에게는 문장은 커녕 심지어 짧은 구나 절조차 없다.

그러한 언어가 드러내는 지적 압축의 힘은 나로 하여금 갖은 야만성에도 불구하고 야후족이 원시인이 아닌 퇴보한 민족이라고 믿게끔 만들었다. 그리고 내가 고원의 꼭대기에서 발견한 비문은 이러한 추측을 확신하게 해 주었다. 야후들은 그것에 새겨진, 우리의 조상들이 새겨 놓았던 룬 문자[5]와 흡사한 글자들을 더 이상 해독하지 못했다. 마치 그들에게서 문자 언어는 잊히고 음성 언어만 남은 것 같았다.

이 사람들이 즐기는 오락은 훈련시킨 고양이들의 싸움과 처형이다. 어떤 사람이 여왕을 겁탈하려 했다거나, 다른 사람이 보는 앞에서 음식을 먹었다는 죄목으로 고발당한다. 왕은 증언이나 자백 같은 절차를 밟지 않고 그들에게 유죄 판결을 내린다. 피고는 내가 기억에서 지워 버리려고 갖은 애를 다 쓰는 고문을 당하고, 돌 뭇매를 맞아 죽는다. 여왕은 첫 번째와 쓸모없는 것이지만 마지막 돌을 던질 권리를 가지고 있다. 군중은 그녀의 솜씨, 그녀의 육체 곳곳의 아름다움에 넋을 잃고 장미와 악취를 풍기는 것들을

---

5) 옛 북유럽의 문자.

던지면서 열광적으로 그녀에게 갈채를 보낸다. 여왕은 말없이 미소만 짓는다.

그들 종족이 가진 또 다른 풍습이 있다면 그것은 시(詩)라는 것이다. 어떤 사람의 머릿속에 대개는 수수께끼 같은 예닐곱 개의 단어들이 차례로 떠오른다. 그는 땅에 납작 엎드려 원을 만들고 있는 마법사들과 일반 사람들의 중앙에서 선다. 그는 그 단어들을 계속 머릿속에 간직해서도 큰 소리로 외쳐서도 안 된다. 만일 그 시가 사람들의 흥분을 자아내지 않으면 아무런 일도 벌어지지 않는다. 그러나 만일 시인의 단어들이 자신들을 엄습하면 그들은 성스러운 공포의 명령에 따라 말없이 그로부터 떨어져 나온다. 그들은 영혼이 그 시인을 범접했다고 받아들인다. 따라서 아무도, 심지어 그의 어머니조차도 이제 그와 얘기를 나누지 않고 그를 쳐다보지도 않는다. 그는 더 이상 인간이 아니라 신이고, 누가 됐건 간에 그를 죽일 수 있는 권리가 있다. 만일 원한다면 그 시인은 북쪽의 사막 지대에서 자신의 피난처를 찾을 수 있다.

앞에서 나는 내가 어떻게 해서 야후의 땅에 오게 되었는지 언급했다.[6] 독자들은 그들이 나를 둘러쌌고, 나는 허공에 대고 라이플을 한 방 쏘았고, 그들은 그것을 일종의 마술적 천둥소리라고 여겼다는 사실을 기억할 것이다. 나는 그런 착오를 계속 유지시키기 위해 항상 총 없이 다니려고 했다. 어느 봄날 아침 동틀 무렵, 갑자기 유인원들이 우리를 습격했다. 나는 그들 중의 둘을 총으로

---

6) 보르헤스의 유희이다. 실제로 이 작품에는 브로디가 어떻게 해서 그곳에 도착했는지에 대한 언급이 없다. 그러나 보르헤스는 글의 앞 부분에 이 원고의 첫 페이지가 빠져 있었다고 언명하고 있잖은가.

쏘아 죽였다. 그러자 나머지는 놀라 걸음아 날 살려라 하고 도망가 버렸다. 주지하는 바대로 총알은 눈에 보이지 않는다. 나는 내 생애 처음으로 사람들이 나에게 환호하는 소리를 들었다. 아마 그때부터 여왕이 나를 환대하기 시작하지 않았나 생각한다. 야후에 대한 나의 기억은 매우 불안정하다. 왜냐하면 바로 그날 오후 탈출에 성공했기 때문이다. 이어지는 정글에서의 사건들은 별로 중요한 게 없다. 나는 마침내 밭을 갈고, 씨를 뿌리고, 기도를 할 줄 알고, 포르투갈어로 의사소통을 할 수 있는 흑인들의 마을에 도달했다. 가톨릭 선교사인 페르난데스 신부가 자신의 오두막으로 나를 데려가 내가 그 고통스러운 여행의 악몽으로부터 기운을 차릴 때까지 나를 돌봐 주었다. 처음에 나는 멋도 모른 채 입을 벌리고 음식을 삼키려는 그를 보고 구토감을 느꼈다. 나는 손으로 눈을 가리고, 또는 시선을 딴데로 돌리려고 했다. 아련한 여운과 함께 신학적 문제를 두고 그와 나누었던 토론들이 기억에 떠오른다. 나는 그가 예수 그리스도에 대한 진정한 신앙으로 복귀하도록 만드는 데는 성공하지 못했다.[7]

나는 지금 글래스고에서 이 글을 쓰고 있다. 나는 이제까지 독자들에게 야후족들과 함께 보냈던 때의 이야기를 들려주었다. 그러나 아직도 나의 일부분이 되어 있고, 아직도 꿈에서 나타나곤 하는 그것의 본질적인 공포에 대해서는 언급하지 않았다. 길을 가다가도 나는 이따금 그들에게 에워싸여 있는 듯한 착각에 사로잡히곤 한다. 나는 야후족이 야만적인 종족, 지구상에서 가장 야만적인 종족이라는 것을 잘 알고 있다. 그러나 나름으로 그들에

---

7) 가톨릭에서 개신교로 개종시키는 데 실패했다는 말이다.

게 가치를 부여하게 하는 몇 가지 특징들을 망각하는 것은 부당한 일일 것이다. 그들은 그들 나름의 제도들을 가지고 있고, 특별한 왕정 통치 제도를 누리고 있고, 추상적 개념을 기본으로 한 언어를 사용하고 있고, 마치 유대인들이나 그리스 사람들처럼 시의 신성한 본질에 대해 믿고 있고, 육신이 죽은 후에도 영혼은 살아남는다는 것을 깨우치고 있다. 그들은 처벌과 보상의 진리 또한 지켜 나가고 있다. 결론적으로 말해, 우리가 수많은 결함에도 불구하고 우리 문명을 지속시켜 나가듯 그들도 그들 나름으로 자신들의 문화를 유지해 가고 있는 것이다. 나는 나 자신이 그들 틈에 끼여 유인원들과 싸웠던 사실을 후회하지 않는다. 우리는 그들을 구원할 의무가 있다. 나는 여왕 폐하의 정부가 이 기록이 감히 암시하고자 하는 바를 한 귀로 흘려듣고 흘려 버리지 않기를 바랄 뿐이다."

작가 연보

1899년   아르헨티나 부에노스 아이레스에서 8월 24일 태어남. 영국계 할머니의 영향으로 스페인어보다 영어를 먼저 배우며 자람.
1908년   《나라》지에 오스카 와일드의 단편 「행복한 왕자」를 스페인어로 번역하여 실음.
1914년   가족이 유럽으로 이주, 스위스의 제네바에 정착하여 리세 장 칼뱅 학교에 등록하여 프랑스어와 라틴어를 배움.
1919년   스페인으로 이주, 다음해 마드리드에서 기예르모 데 또레스와 함께 스페인어판 아방가르드인 '최후주의' 운동을 주도함.
1921년   부에노스 아이레스로 돌아옴. 잡지《프리즘》창간.
1923년   첫 시집 『아르헨티나의 열기』 발간.

1924년 시집 『앞의 달』, 에세이집 『심문들』 발표.
1931년 빅토리아 오캄포가 창간한 잡지 《수르》에 참여.
1935년 첫 소설집 『불한당들의 세계사』 발간.
1941년 『픽션들』의 1부 「끝없이 두 갈래로 갈라지는 길들이 있는 정원」 발간.
1944년 『픽션들』 발간.
1946년 정권을 잡은 페론에 대한 공개적인 비판으로 시립도서관의 일자리를 잃게 됨.
1949년 어머니와 여동생 노라가 정치적 이유로 구속됨.
1949년 소설집 『알렙』 발간.
1950년 아르헨티나 작가 연맹 회장으로 선출됨.
1952년 대표적인 에세이집 『또 다른 심문들』 발간.
1955년 페론의 실각으로 국립도서관장직에 임명됨.
1961년 사무엘 베케트와 함께 '포멘터상' 수상.
1967년 아스테테 미얀과 결혼.
1970년 소설집 『브로디의 보고서』 발간. 아스테테 미얀과 이혼.
1973년 새로 들어선 페론 정부가 그를 도서관장직에서 해임.
1975년 소설집 『모래의 책』 발간. 이후, 하버드 대학과 소르본 대학을 포함한 세계의 많은 대학들에서 명예박사학위를 받았고, 세르반테스상을 비롯하여 많은 국제적 명성의 상을 수상.
1986년 4월 26일 일본계 아르헨티나인 여비서 마리아 코다마와 결혼. 스위스의 제네바로 이주한 뒤 6월 14일 간암으로 사망.

작품 연보

시집

부에노스 아이레스의 열기 *Fervor de Buenos Aires* : 1923
앞의 달 *Luna de enfrente* : 1925
산 마르틴 노트 *Cuaderno San Martin* : 1929
시전집 *Poemas*(1923-1943) : 1943
시전집 *Poemas*(1923-1958):1958
시전집 *Obras poeticas*(1923-1964):1964
여섯 개의 현(밀롱가 곡)을 위하여 *Para las seis cuerdas (milongas)* : 1965
타자, 그 자신 *El otro, el mismo*(1930-1967) : 1969
심원한 장미 *La rosa profunda* : 1975
동전 *La moneda de hierro* : 1976

시전집 *Obra poetica*(1923-1976) : 1978
암호 *La cifra* : 1981
음모자들 *Los conjurados* : 1985

시와 산문집

창조자 *El hacedor* : 1960
그림자의 엘러지 *Elogio de la sombra* : 1969
호랑이들의 황금 *El oro de los tigres* : 1972

소설

불한당들의 세계사 *La historia universal de la infamia* : 1935
끝없이 두 갈래로 갈라지는 길들이 있는 정원 *El jardin de senderos que se bifurcan* : 1941
픽션들 *Ficciones* : 1944
알렙 *El Aleph* : 1949
브로디의 보고서 *El informe de Brodie* : 1970
모래의 책 *El libro de arena* : 1975
셰익스피어에 대한 기억 *La memoria de Shakespeare* : 1983

에세이

심문들 *Inquisiciones* : 1925
내 기다림의 크기 *El tamano de mi esperanza* : 1926
아르헨티나 사람들의 언어 *El idioma de los argentinos* : 1928
에바리스토 카리에고 *Evaristo Carriego* : 1930
토론 *Discusion* : 1932
영원성의 역사 *Historia de la eternidad* : 1936
시간에 대한 새로운 반박 *Nueva refutacion del tiempo* : 1947
가우초 문학에 관한 관점들 *Aspectos de la literatura gauchesca* : 1950
또 다른 심문들 *Otras Inquisiciones*(1937-1952) : 1952
마세도니오 페르난데스 *Macedonio Fernandez* : 1961
서문들 *Prologos* : 1975
말하는 보르헤스 *Borges oral* : 1979
7일 밤 *Siete noches* : 1980
단테에 관한 아홉 편의 에세이 *Nueve ensayos dantescos* : 1982
나를 사로잡은 책 *Textos cautivos* : 1986

황병하
텍사스 휴스턴 대학 졸업
동 대학원 석사
U.C.L.A. 박사 (라틴아메리카 현대소설 및 현대소설론)
광주여대 창작문학과 교수로 재직하다 1998년 타계
저서 평론집 『반리얼리즘 문학론』, 『메타비평을 위하여』, 장편소설 『흑맥주』
역서 보르헤스 전집(전5권) 『불한당들의 세계사』, 『픽션들』, 『알렙』, 『칼잡이들의 이야기』, 『셰익스피어의 기억』 등

송병선
한국외국어대학교 스페인어과를 졸업하고, 콜롬비아의 카로 이 쿠에르보 연구소에서 석사 학위를, 하베리아나 대학교에서 문학 박사 학위를 받았다. 하베리아나 대학교 전임 교수로 일했으며, 현재는 울산대학교 스페인·중남미학과 교수로 재직 중이다. 저서로는 『보르헤스의 미로에 빠지기』, 『영화 속의 문학 읽기』, 『'붐소설'을 넘어서』 등이 있으며, 역서로는 『거미 여인의 키스』, 『콜레라 시대의 사랑』, 『내 슬픈 창녀들의 추억』, 『썩은 잎』, 『말하는 보르헤스』, 『아틀라스』(공역), 『족장의 가을』 등 다수가 있다.

칼잡이들의 이야기

1판 1쇄 찍음	1997년 11월 20일
1판 18쇄 펴냄	2025년 2월 10일

지은이	호르헤 루이스 보르헤스
옮긴이	황병하, 송병선
발행인	박근섭, 박상준
펴낸곳	(주)민음사

출판등록	1966. 5. 19. 제16-490호
주소	서울시 강남구 도산대로 1길 62(신사동)
	강남출판문화센터 5층 (우편번호 06027)
대표전화	02-515-2000 팩시밀리 02-515-2007
홈페이지	www.minumsa.com

한국어 판	ⓒ (주)민음사, 1997. Printed in Seoul, Korea
ISBN	978-89-374-0178-7 04890
ISBN	978-89-374-0174-9 (전5권)

* 잘못 만들어진 책은 구입처에서 교환해 드립니다.